#「日本」の起源

「日本」の起源
——アマテラスの誕生と日本語の生成

福田拓也

水声社

目次

神々の声と妖《わざはひ》に満ちた闇の中より

最初に闇がある。狭蠅《さばへ》なす神々の声と万の妖《わざはひ》に満ちた闇である。神々たちの笑い声、そして、暗黒の闇の中で、明るい太陽が照っていることを語（騙）る言葉が聞こえる。ただ闇があるだけで、あとは神々の嘘や物語から成るこの貧しい光景をどのようにして「日本」という国に変貌させるのか、本書は、そのための仕掛け、からくりを明かして行くための手探りの探求と冒険の痕跡である。

まず岩屋に籠った弥生時代以来の古い神々たちのうちのひとりである太陽女神ヒルメを岩屋か

ら引き出さなくてはならない。とは言っても記紀神話の語るごとくヒルメをその身体ごと引き出すのではない。それでは、「日本」という新たな国を立ち上げることにはならない。

ここで、岩屋の外に明るい太陽神が君臨していることを語（騙）る神々たちの物語とともに鏡という小道具が必要になる。差し出された鏡を見て、ヒルメは、神々たちの語（騙）りにそそのかされて、一瞬間だけでも、自身の鏡像の代わりに、語（騙）られた神の実像を見てしまう。神々たちに必要なのは、ヒルメのこの勘違い、誤認だけだ。その瞬間に、神が実像、つまり現実のものとして現われたのだから、鏡と物語は消滅し、この一瞬の誤認が即座に解消されずに、つまりヒルメが自身の勘違いに気付くことなしにヒルメの身体と意識が抹消されれば、新たな神の現実性と永続性は保証される。この論理が「日本」という言説の半面だ。そしてヒルメの鏡像の誤認を介した新たな神の到来という創造的かつ破壊的出来事が天皇制の、そして「日本」の起源である。

「アマテラスの誕生」という本書の第一部は、おおよそこのようなことを考えることにあてられる。

「古代言語論」と題された本書の第二部は、訓読、万葉仮名、隠喩、日本語についての考察にあてられている。

『古事記』の天《あま》の岩屋戸《いわやと》神話で隠されつつも明かされるヒルメの死と新たな神の出現という出来事は、訓読という日本文化にとっての根本的な経験、そして『万葉集』の「人麻呂歌集」に見られる隠喩の到来という形で、反復されて来たものでもある。訓読にあっては、外来語である漢語と倭語の二重の消滅が原＝日本語とでも呼び得るある新たな言語の到来として現われる。人麻呂的隠喩にあっては、「妹《いも》」の消滅とともに新たな国の風景を構成する事物が出現する。

しかし、このような起源的な破壊と創造という出来事だけでは、「日本」という言説の半面でしかないし、また、「日本」という複合的システムは機能しない。そもそもこのような起源的暴力はそれ自体のみでは、そのようなものとして現われることすらできない。

「日本」という言説は次のように呟く。新たな神とその支配する国とが現実的で永続的なものとして存続するためには、ヒルメが即座に抹消されて自身の誤認を決して訂正したり撤回したりすることがないようにすることが必要だが、同時にヒルメは生き続けて、誤認の張本人が生き続けているのに神とその国が存続している以上、神とその支配する国は誤認の産物ではなく、本当に現実の神であり国であるのだということを証明しなくてはならない。つまり、ヒルメは生きていてはいけないが、同時に生きていなければならない。これが「日本」という国を形作り、「日本」を隠微に支配する「日本」という言説の正体だ。

この目的のために、つまりヒルメが、そして訓読によって消滅したはずの文字を知らない倭語が存続し、しっかり保存されており、いつでも再現可能であることを保証するために機能するのが万葉仮名だ。万葉仮名は、七二八年、山上憶良の「日本挽歌」に於いて、倭語＝ヒルメの出現の前に透明に消え去るような表音性を帯び、ほぼ完成される。これが日本語の誕生である。「日本挽歌」によって、ヒルメの死と神の出現という起源的創造＝暴力は、日本語と外国語あるいは日本的なものと外来的なものという極度に単純化、矮小化された二項対立として、初めて表象可能なものとなり、歪曲されつつも初めて一つの起源として出現する。

Ⅰ　アマテラスの誕生

1　天の岩屋戸神話と太陽女神

「うけひ」によるアマテラスとの子の生み比べに勝ったスサノオは、勝ち誇って、田の畦を壊し溝を埋め、神殿に糞をまき散らし、機屋《はた》の天井から逆剥ぎに剥いだ馬を落とし入れたりと、乱行の限りを尽くす。それに恐れをなしたアマテラスは天の岩屋の戸を開いて中に籠もる。それによって、高天原《たかまのはら》も葦原中国《あしはらのなかつくに》もすべて真っ暗になり、あらゆるわざわいが起こる。そこですべての神々が天の安《やす》の河原に集まり、常世《とこよ》の長鳴鳥《ながなきどり》を集めて鳴かせたり、鏡や勾玉をつけ、幣を提げた榊をフトダマノ命が捧げ持って、アメノコヤネノ命が祝詞を唱えたり、アメノウズメノ命が天の岩屋戸の前で桶を踏み鳴らし、胸乳を露出させ裳の紐を女陰までおし垂らしたりする。不思議に思って、戸を細めに開けて、差し出された鏡の中を覗こうとしたアマテラスを天手力男神《あめのたぢからおのかみ》が外に引き出し、高天原《たかまのはら》も葦原中国《あしはらのなかつくに》も再び明るくなる……。

誰もが知るこの天《あま》の岩屋戸《いわやと》神話は、西條勉も指摘する通り、「日食や冬至の太陽祭祀《さいし》」として、あるいは「宮中の年中行事」(『「古事記」神話の謎を解く　かくされた裏面』、八九頁)として解釈されて来た。西條はしかし、多義的に解釈出来るこの神話の裏に隠された意味を見る。つまり、スサノオに圧倒され岩屋に逃げ込んだアマテラスが変身し、アマテラスとスサノオとの力関係が天の岩屋戸神話を境にして逆転することに西條は注目する。

天の岩屋戸の前後で、力関係が逆になったのだ。それまで、せいぜいのところ祭りに仕える巫女だったのが、高天の原を取り仕切るたのもしい皇祖になった。岩屋戸神話の意味はここにある。アマテラスの変身が、天の岩屋戸神話の隠された主題であった。(九一頁)

つまり、「岩屋戸神話のストーリーには、アマテラスを皇祖神に変身させるモチーフが託されていたのである」（九二頁）ということになる。

しかし、溝口睦子が、西條同様に「この神話の意義・本質を、アマテラスが至上神・最高神として（西郷）、また天上界と地上界を貫く宇宙的秩序の体現者として（神野志）、はっきりと姿を現わしたことにあるとみている」西郷信綱や神野志隆光に抗して書くように、この神話のアマテラスを「きわめて寛容で、あくまで弟をかばおうとする心やさしい神」であり「最後はスサノヲの乱暴をおそれて、ひとりで岩屋に閉じこもってしまう気弱な女神」でもあると考えることもまた可能であろう。

私のみるところでは、この神話のアマテラスはきわめて寛容で、あくまで弟をかばおうとする心やさしい神である。しかし最後はスサノヲの乱暴をおそれて、ひとりで岩屋に閉じこもってしまう気弱な女神でもある。至上神や、世界秩序の体現者とは到底みえない。ここで天孫降臨神話と切り離して、この神話でのアマテラスをもう一度よくみてみよう。彼女は、この事件に関して、スサノヲの暴虐に恐れをなして、岩屋にこもる以外の行動は何一つしていない。岩屋から出てきたのも八百万《やおよろず》の神々の策略にのって引き出されたのであって、自分の意志で出てきたわけではない。混乱を収めるために誰かに命令したり指図したりすることも一切ない。宇宙の秩序を乱す原因になったスサノヲを、最後に断罪して天上界から追放したのも神々である。彼女自身はそれになんらかかわっていない。

（『アマテラスの誕生――古代王権の源流を探る』、一二〇頁）

要するに溝口は、アマテラスが岩屋戸籠りを経て力強い皇祖神に変貌したという支配的見解に抗して、天の岩屋戸神話全体を通して、岩屋戸籠りの前も後もアマテラスは終始一貫して、自分からは行動を起こさない気弱な女神であったと言う。そして、天の岩屋戸神話のうちに皇祖神アマテラスの誕生を見る解釈は、八世紀以降に作られた天孫降臨神話の主神アマテラスを天の岩屋戸神話のアマテラスに投影することから結果したのだと主張する（一二一頁）。

これは確かに説得力のある見解だ。しかし、天の岩屋戸神話の中にアマテラスの変身を読み取る解釈が純粋に読み手の投影の産物であると言い切れるかどうかはわからない。神話的テクスト編纂作業そのものの中に、アマテラスが岩屋の中で変貌したと読ませるような仕掛けがあると考えることもまた可能ではないだろうか。

ここでは、まずアマテラスという女神がどのような女神であったのかを歴史的に確認し、次いで、アマテラスの変貌を読み取らせるような天の岩屋戸神話の仕掛け、策略について考えることにしたい。

そもそもアマテラスとはどのような女神であったのか？

溝口睦子によれば、天の岩屋戸神話に描かれた気弱な女神としてのアマテラスは、「皇祖神昇格以前のアマテラスにたいして、古代の人々が抱いていた一つの実像」を伝えるものであるという。アマテラスとは、溝口の解釈によると、弥生時代に生まれた「多神教世界の自然神のひとりとしての太陽神」（一二一頁）であることになる。

このような太陽女神を「アマテラス」と呼ぶこともあくまで便宜上のものであることに注意せねばならない。溝口の書く通り、「「天照大神」という名称は、ずっと遅く、七世紀末になってつけられたもので、この神の本来の名前は「ヒルメ」、あるいは「オオヒルメ」だった」（一五頁）。「「オオヒルメ」を現代語に訳すのは難しいが、これはいってみれば「日のおばさん」といった、親しみを込めた呼び名であった」（一五―一六頁）。

溝口はまた、「ヒルメ」という名称が折口信夫以来そうであるとされた日神に仕える「日の妻」、つまり巫女を意味するのではなく、「日、つまり太陽を擬人化して女性とみた、「太陽の女神」を意味する語」であることに注意を促している（一六頁）。

もちろん、天の岩屋戸神話に「天の服織女《はとりめ》」（『古事記』）や「稚日女尊《わかひるめのみこと》」（『日本書紀』「第一の一書」）が現われ、『日本書紀』「本書」の「天照大神《あまてらすおほみかみ》」が、名前は「天照大神」だが、実際には、「神衣を織《かむみそお》」る女として現われていることも確かだ。このような「神衣を織《かむみそお》」る、すなわち神のために衣を織る「はた織る少女」、「棚機つ女《メ》」（「我々の古代には、かうした少女が一人、或はそれを中心とした數人の少女が、夏秋交叉《ユキアヒ》の時期を、邑落離れた棚の上に隔離せられて、新に、海或は海に通ずる川から、來り臨む若神の爲に、機を織つてゐたのであつた」（折口信夫「たなばたと盆祭りと」、『折口信夫全集』第三巻、二八〇頁））は、アマテラスにまで発展する前の段階にある「日之妻（ひぬめ）」、「日神の妃」（「天照大神」、『折口信夫全集』第二十巻、一〇〇頁）であるとも考えられる。アマテラスの前身である太陽神に仕える巫女が、「天の服織女《はとりめ》」、「稚《わか》日女尊《ひるめのみこと》」、「神衣を織《かむみそお》」る「天照大神」という諸形象のもとに記紀神話に現われていると考えることもできるだろう。

しかし、『古事記』の「天の服織女《はとりめ》」や『日本書紀』「第一の一書」の「稚日女尊《わかひるめのみこと》」などの「はた織る少女」が「天照大御神」あるいは「天照大神」と呼ばれる太陽神ヒルメと別の人物として現われていることも忘れてはならない。ここではヒルメという語が何を意味するかという議論には深入りせず、溝口睦子の説に従って、ヒルメという語を弥生時代以来の素朴な太陽女神を意味するものとして使って行きたい。

弥生時代以来の多神教世界に生きる素朴な太陽女神であるヒルメがアマテラスという皇祖神にされる経過を考えるためには、もう一つの太陽神タカミムスヒの存在を考慮しないわけには行かない。

アマテラスの前身であるヒルメは、四世紀以前の「多神教世界の自然神のひとり」であったと考えられる。そして、四世紀以前の日本土着の神話世界の神々の王は、ヒルメではなくオオクニヌシであった。溝口によれば、記紀の「国譲り神話」は、多神教世界の王であり豪族連合の盟主の神話的表象であるに過ぎないオオクニヌシが、五世紀前半のヤマト王権成立とそれによる「豪族連合から統一王権への転換」（四三頁）に際して高句麗から移入された天の至高神タカミムスヒに取って代わられた過程を描いたものであることになる。そして、新たな統一王権を支える政治思想として高句麗から導入されたのが「王の出自が天に由来することを語る「天孫降臨神話」」（三九頁）だった。

ゆるやかな結びつきの豪族連合的な社会から、上下の規律のきびしい、専制的な統一王権の体制への切り替えには、それを支える新しい政治思想がぜひとも必要である。しかし四世紀までの日本の初期王権（豪族連合段階の国を仮にこう呼んでおく）の政治思想には、統一王権が依拠する思想として役立つ要素はなかった。

四世紀までの日本には、〔……〕唯一絶対の権威をもつ至高神は存在しなかった。そこは豪族連合段階の社会にふさわしい、人間的で魅力あふれる多彩な男女の神々が自由奔放に活躍する多神教的世界だった。それは神話としての魅力には富んでいるが、専制王権が依拠する思想として適切とはいえない。それに比べると北方系の天降り神話は、唯一絶対性・至高性という点ではるかに勝っていて、統一王権を権威づけ、求心力を高める、思想的武器としての力を十分もっていた。（三九―四〇頁）

このようにして、「四世紀末から五世紀初頭にかけての頃における北方ユーラシアの文化の受容」によって、「天を地に優越した価値の高いところとする、天を基軸にした世界観と、その世界観に基づく唯一絶対の「権威」をもつ神、すなわち天の至高神が、このときから日本に生まれ」、「その神の「権威」を背景に、唯一絶対の「権威」をもつ支配者（王）が日本にもはじめて誕生した」（二二二頁）。

そのような日本土着の太陽神であるヒルメとは異なる「北方ユーラシアに起源をもつ太陽神」が記紀神話に登場するタカミムスヒである。タカミムスヒを「霊力神」として捉える説が有力であるが、溝口はこれを「太陽神」と考えている（八四頁）。

したがって、溝口睦子によれば、「記紀神話には、五世紀段階で新しく取り入れた、北方系の王権思想に基づく建国神話と、在来の土着の伝承を集成したイザナキ・イザナミ系の神話体系という、まったく異質な、二つの神話体系が入っていた。しかしこの二つは一本化されて、ひとつながりの神話として記紀神話に入っている。その際二つを結びつけるためにとられた方法が、イザナキ・イザナミ系の主神「オオクニヌシ」が、建国神話の主神「タカミムスヒ」に、国の支配権を譲ったという筋書きである」（一三〇頁）。溝口は、記紀神話の原資料の「二元構造」を指摘する。『日本書紀』の「神代上」と「神代下」がこの「二元構造」に対応する。「〔……〕「神代上」の部分は、古くから伝承された日本土着の神話・伝説を集成して構成された神話体系であり、「神代下」の部分の骨組みは、〔……〕五世紀になって新しく取り入れた、北方系の支配者起源神話に範をとった建国神話である」（一〇三頁）。統一王権による天孫降臨神話に対抗して、四世紀以前からの古い神話・伝承の集大成を行なってイザナキ・イザナミ系の神話を作り上げたのは、大王家から政治的に遠い立場にあった守旧派の地方豪族たちであった（一〇四頁）。

記紀神話の二元構造に対応するのが、五世紀以後のヤマト王権時代を特徴付ける北方系の外来文化と弥生以来の土着文化の二元構造である。「五世紀にはじまるヤマト王権時代は、タカミムスヒに象徴される北方系の外来文化が、弥生以来の土着文化の上にかぶさって、「二元構造」をなしていた時代である」。七世紀以後になると中国文化の影響が強くなり、二元構造は三元構造となる。「ヤマト王権時代も七世紀以降、とくに中頃以降になると、支配層の間に中国の文字文化を本格的に受容できる体制が整い、二元ではなく、中国文化を主体にした三元構造の時代に入っていく。そして七世紀末葉の、律令制度成立期以降は、周知のように中国の文化が政治や社会のあらゆる面で、主導的な文化として浸透していく」（一四〇頁）。

このような北方系外来文化と弥生以来の土着文化という神話的・文化的二重構造を踏まえつつ、溝口は「タカミムスヒからアマテラスへの国家神の移行・転換」（一八八頁）を跡付けようとしている。「七世紀末にアマテラスの皇祖神化を決断し実行した」のは天武天皇であると溝口は書く（一八〇頁）。「七世紀末、律令国家の成立に向けて、強力に改革を推し進める天武天皇は、一方で歴史書の編纂を命じて、新しい中央集権国家を支えるイデオロギーとしての、神話の一元化をはかった。そのとき、皇祖神＝国家神として選び取られたのは、それまでずっと皇祖神の地位にあったタカミムスヒではなく、土着の太陽神であるアマテラスだった」（一七六頁）。

天武によるアマテラスの皇祖神化にまで至る政治的文脈を溝口の『アマテラスの誕生』を参照しつつ振り返ってみよう。

六四五年（大化元）の大化改新にはじまり、七〇一年（大宝元）の大宝律令の制定にいたる七世紀後半の半世紀は、〔……〕五世紀前半に次いで、日本の歴史が大きく動いた時代である。この半世紀に起きた変革は、改めていうまでもないが、氏族制国家から官僚制的中央集権国家（律令国家）へという、国家体制の変革である。やや粗い言い方をすれば、それまで豪族（氏族）が一般人民を支配し、その豪族たちを大王が支配する間接的支配であったのを、大王が直接全国津々浦々の人民を支配する、いわゆる「一君万民」の一元的支配に切りかえたわけである。（一八九頁）

この変革は、溝口によれば、二段階に分かれており、それは、天智と天武の二人の天皇による改革に対応している。

蘇我氏の打倒から全国規模の日本最初の戸籍の作成に至る天智の改革を土台にして、天武は、六七五年（天武四）に豪族の「部曲《かきべ》廃止」を宣言した。これによって「ヤマト王権時代を通じて、約二百年間、当然のこととして豪族の支配下にあった、いわゆる私地私民が、ここにはじめて全廃されて公地公民となったわけである。そして豪族たちは、新たに創出される中央集権的な支配機構の一員となって、国から支給される俸給（食封《じきふ》）によって生活することになる。すなわち氏族制度はここに終焉を迎えた」（一九一頁）。

大化の改新に始まる諸改革の最終段階として晩年の天武が取り組んだ改革は、歴史書の編纂とカバネ（姓）制度の改革である。そして、この二つの改革は、溝口によれば、「アマテラスの皇祖神化と密接にかかわっている」（一九二頁）。

　ここでは、主に歴史書の編纂という改革について見て行こう。

「新しい統一国家の建設には、それを支える思想的基盤としての、一元化され一本化された新しい世界観や政治思想、すなわち新しい神話と歴史がぜひとも必要である」（一八二頁）。

　このような「一元化された世界観」を実現するために『古事記』は、「ムスヒ系とイザナキ・イザナミ系という、まったく系統の異なる神話を〔……〕はじめて混ぜ合わせて一本化した」（一九五頁）。『古事記』はとりわけ、タカミムスヒ系の神話である天孫降臨神話にイザナキ・イザナミ系神話の神であるアマテラスを導入し、そのことによって、二つの神話の一本化・一元化を図った。


　天孫降臨神話についていえば、『古事記』は、〔……〕タカミムスヒとアマテラスという、まったく別種の神話世界に属していた神を、ともに降臨神話の主神として二神の名を並べて書くという、思い切ったやり方をとった。天孫降臨神話はタカミムスヒの神話であるが、そこに『古事記』はいきなりアマテラスを持ち込んだのである。『日本書紀』は『古事記』とは違って、開闢神話はイザナキ・イザナミ系だけで一貫させ、天孫降臨神話（本文）では逆に、タカミムスヒを主神として一貫させている。原資料に忠実な方法をとったわけである。

（一九五―一九六頁）

『古事記』の天孫降臨神話に見られる神話の一元化をもたらした歴史的背景として、ここでは、溝口の『アマテラスの誕生』を読みつつ、いくつかの要因を考えてみたい。

その前に、アマテラスが弥生以来の古い土着神であることをもう一度強調しておかなくてはならない。溝口睦子は次のように書く。「このタカミムスヒからアマテラスへの国家神の移行・転換は、結果的にみると伝統の再編成であって、国家は権力の思想的基盤を、この時外来神から弥生以来の古い伝統をもつ土着神に据え直したことになった」（一八八頁）。

天孫降臨神話への土着神ヒルメの導入による神話の一元化の歴史的要因として、天武による臣・連・君、あるいは伴造・国造といった豪族グループへの顧慮が挙げられる。溝口によれば、「タカミムスヒをはじめとするムスヒの神は、〔……〕「臣・連・伴造・国造」体制のなかの、天天皇に直属する勢力である連や伴造の氏が、もっぱら信奉した神であった」。「これにたいしてアマテラスは、〔……〕主として君系のなかの有力氏や、一部の地方豪族がとくに信奉した神ではあるが、しかし同時に土着の太陽神として古くから神話をとおして列島全体の広範な人々に知られ、支配層の人々にも党派の別なく親しまれていた神だった」（一八四頁）。天武は、特定の豪族グループと関わりの深いタカミムスヒではなく、より広く人々に親しまれているアマテラスを国家神として選んだというのが溝口の説である。

『古事記』の天孫降臨神話への土着神ヒルメの導入による神話の一元化のもう一つの歴史的要因として、ここでは、天武期に於ける外来文化の交代、北方ユーラシアの文化から中国文化への外来文化の転換を考えてみたい。溝口は、「新しい外来文化（中国の文字文化）を取り入れるために、古い外来文化（北方ユーラシアの支配者文化）を脱ぎ捨てるといった側面」（一八六頁）を指摘している。外来文化の中心にある「天」の概念を「タカミムスヒの「ムスヒ」という天の至高神の概念」から中国の「天」の概念へと移行させることによって、「新しい外来思想である中国の「天」と、固有の太陽神であるアマテラスとの二本立てに、徐々に日本の天にかかわる思想が整理されていく」（一八六―一八七頁）。

溝口はまた、天孫降臨神話への土着神ヒルメの導入の歴史的要因として、圧倒的優位にある中国文化に対抗して土着の文化を持ち出すという一種のバランス感覚、新羅への対抗意識から、「新羅と共通する国家神ではない、古い伝統に根ざした日本固有の神を、国家神として掲げようとした」（一八七頁）ことを指摘している。

溝口睦子の『アマテラスの誕生』を読むことによって、アマテラスがどのような女神であったのか、どのような歴史的過程を経て誕生したのかが大分明らかになって来たように思う。

五世紀前半に成立したヤマト王権を正当化するタカミムスヒを至高神とする高句麗から移入された北方ユーラシア系建国神話が支配的となる一方で、四世紀以前からの豪族連合社会の産物であるオオクニヌシを中心とする土着神話もまた生き延びており、両者は、七世紀後半までの倭の文化を特徴付ける二元構造をなしていた。土着神話に認められる多神教的世界の自然神のひとつであると考えられる弥生以来の太陽女神ヒルメは、天武帝の時代になって、国家神アマテラスとして反復された。

アマテラスはまた、土着の太陽神ヒルメの反復であるのみならず、国家神としては、外来の神タカミムスヒの反復でもある。ヒルメはアマテラスとなるために高句麗由来の太陽神タカミムスヒと同一化せねばならないとも言えそうだ。
このヒルメとタカミムスヒの二重の反復、あるいはヒルメによるタカミムスヒとの同一化の産物に他ならぬアマテラスの誕生は天武帝の時代になされたというのが、溝口の見解であるが、これについては、持統帝の時代あるいはそれ以後の歴史的展開をも射程に入れつつ、若干の修正を施さねばならないかもしれない。

天武時代の後、持統三年（六八九年）、持統帝の皇太子草壁皇子の死に際して作られた人麻呂の挽歌に、「天照《あまて》らす　日女《ひるめ》の尊《みこと》」という呼び名が現れることは注目に値するだろう。

天地《あめつち》の　初《はじめ》の時　ひさかたの　天《あま》の河原《かはら》に　八百万《やほよろづ》　千万神《ちよろづがみ》の　神集《かむつど》ひ　集ひ座《いま》して　神分《かむあが》ち　分《あが》ちし時に　天照《あまて》らす　日女《ひるめ》の尊《みこと》〔一《ある》は云はく、さしのぼる　日女の命〕天《あめ》をば知らしめすと　葦原《あしはら》の　瑞穂《みづほ》の国を　天地の　寄り合ひの極《きはみ》　知らしめす　神の命《みこと》と　天雲《ぐも》の　八重かき別けて〔一は云はく、天雲の　八重雲別けて〕神下《かむくだ》し　座《いま》せまつりし　高照らす　日の皇子は〔……〕　（巻二・一六七歌）

この「天照《あまて》らす　日女《ひるめ》の尊《みこと》」という呼び名が「天照《あまて》らす」という語を含むと同時に「日女《ひるめ》」という名前をも含んでいることに注意せねばならない。

武澤秀一は、『日本書紀』巻二八の壬申の乱の際の天武の「天照太神《あまてらすおほみかみ》」望拝記事（「丙戌《ひのえいぬのひ》に、旦《あした》に、朝明郡《あさけのこほり》の迹太川《とほかわ》の辺《へ》にして、天照太神《あまてらすおほみかみ》を望拝《たよせにをが》みたまふ」、『日本書紀』五、七八頁）の「天照太神《あまてらすおほみかみ》」を人麻呂の「草壁挽歌」の「天照《あまて》らす　日女《ひるめ》の尊《みこと》」と結び付け、次のように言う。

「〈「天照らす日女の命」＝天照太神〉は「アマテラス」にいたる直前の段階にあると位置づけたい。これが最高の尊貴性に彩られた皇祖神アマテラスに仕立て上げられていきます」（『伊勢神宮の謎を解く――アマテラスと天皇の「発明」』、二一七頁）。

武澤が『日本書紀』の「天照太神《あまてらすおほみかみ》」と結び付け皇祖神アマテラスの直前の段階に位置付けたこの「天照《あまて》らす　日女《ひるめ》の尊《みこと》」を、筑紫申真もまた天皇家の祖先神アマテラスオオミカミにまで至る前の段階をなすものと考え、次のように書く。

持統天皇の時代にはたしかに天皇が太陽神の子孫であると、自他ともに（宮廷のうちでは）

意識していたのですけれども、その祖先のカミの名はまだ固まっていなくて、多分に普通名詞的なヒルメを使用しているのです。天照大神という呼び名が、天皇家の祖先の人格神の名として固定するのは、皇大神宮のできあがる文武二年（六九八）の前後のことだと、わたくしは思わざるをえないのです。

（『アマテラスの誕生』、六九頁）

つまり、筑紫によれば、皇祖神としてのアマテラスは、持統三年（六八九年）、草壁皇子の死に際して作られた人麻呂の挽歌の時点ではまだ誕生しておらず、アマテラスが天皇家の祖先神として固定されるのは文武二年（六九八年）前後であるということになる。

ここで重要なのは、皇祖神としてのアマテラスは、六八六年、天武帝の死後すぐに、自身の息子の草壁を皇位につけるために大津皇子を殺し、草壁皇子の死後は自身が皇位についた持統帝をモデルとしているということだ。この点について、筑紫は次のように言う。

高天原のカミガミの神話が形を整えてゆくうえで、持統女帝がモデルにされている部分はたしかにあると思われます。なにしろ、持統女帝の専制時代に、神話の世界の中心人物アマテラスが誕生せしめられているのです。そのアマテラス神話を現実化するために皇大神宮を創立した年は、女帝の孫の文武天皇の二年（六九八）にあたります。つまりその年は、女帝が孫に皇位を譲ったその翌年なのです。そのころはまだ実際には、持統女帝の治世であったとみなされるのです。こういう状態ですから、神話の中の中心的な人物に、持統女帝の生活や意志が投影しないはずがありません。（二五四頁）

全盛期の持統が孫に皇位を譲り文武天皇を誕生させた頃に成立した皇祖神アマテラス像は、当然持統をモデルにして形成されたであろうというのである。

『水底の歌』の次の言述に於いて、梅原猛もまた、アマテラス像のモデルとして持統を見ている。

天武帝死後の不安な政治的状勢、皇后・持統は大津皇子を殺したものの、自分の息子・草壁皇子をすぐに皇位につけることは、さすがに気がひけたのであろう。そこで、持統が彼女のブレーンと共に考え出したのが、新しい宗教の創造である。彼女が——実権をもつ彼女、女神が、絶対の神になることである。女身をもった、光り輝く太陽の神、かくて天照の神が誕

生する。（『水底の歌』下、四四頁）

六八六年の持統による大津皇子抹殺から七世紀末の持統をモデルにした皇祖神アマテラス像の完成に至る過程が、持統の子孫への皇位継承を確立する過程でもあることを忘れてはならない。筑紫申真によれば、持統皇后による大津皇子の殺害は、持統の子孫への皇位継承の宣言に他ならない。「持統皇后による大津皇子の抹殺とは、いわば持統女帝を出発点とする万世一系の「吾が子孫」の皇位継承、という伝統主義を樹立する宣言にほかなりませんでした」（二六一頁）。さらに、筑紫の考えるところでは、大和朝廷の豪族たちによって天皇の権威が保証される時代ではもはやない以上、天皇の権威と皇位継承の正当性を保証するためには、アマテラス＝持統を至高の神として位置付けることが必要となって来る。

〔……〕天皇家の一門の内部でも、持統皇后（女帝）の子孫にのみ、皇位はうけつがれるべきである、という意志が、実力者たる持統皇后によってはっきりと表明されたのです。そういうことになると、天皇の地位は、人びとに推挙されるから尊いのではなくて、その地位自体に至高の権威がそなわっていることを明瞭にしなければなりません。天皇の地位は、神授の神権であるから尊いのだということを、世間に認識させなければなりません。

ここに、女帝をモデルにした天皇家の始祖アマテラスを、絶対で至高のカミとして系譜のうえに位置づける必要が生まれます。そして、そのアマテラスの権威の名において、天皇の地位の永遠の保障と、あわせて皇位継承のしかたを指示する宣言を発表させる必要が生じます。

（二六一―二六二頁）


国家神アマテラスの生成過程は、一言で言えば、三重の反復と二重の同一化によって重層決定されていると言えるだろう。アマテラスが弥生以来の太陽女神ヒルメの反復であると同時に高句麗から到来した外来の太陽神タカミムスヒの反復でもあることは既に指摘したが、それはまた、女帝持統の反復でもある。また、ヒルメはアマテラスとなるために、タカミムスヒとの同一化、そして持統との同一化という二重の同一化を経なくてはならない。

国家神アマテラスは、このような複雑な反復と同一化の過程を経て、天武・持統時代から七世紀末にかけて、創出されたと結論付けることができる。

2 太陽女神ヒルメによる鏡像の誤認

アマテラスの誕生を、四世紀以前の豪族連合社会から五世紀前半のヤマト王権成立を経て七世紀末までの歴史的展開の中で、三重の反復と二重の同一化によって重層決定されたものとして跡付けてみたが、同じアマテラスの誕生を今度は、『古事記』という神話的テクストの構造、組成、仕掛け、策略の次元で確認することを試みてみたい。

史実的には、国譲り神話に描かれた五世紀前半のヤマト王権の成立に際してアマテラスがオオクニヌシに取って代わって至高の神となったわけではなく、多神教的神話世界の一女神であったに過ぎないヒルメが国家神アマテラスとなったのは、天武帝の時代から七世紀末までの歴史の流れの中に於いてであるのだが、『古事記』という神話的テクスト生成の次元では、アマテラスが国譲り神話にあっても天孫降臨神話にあっても、至高の神として現われている。つまり、『古事記』にあっては、五世紀前半のヤマト王権の成立に際しても、あるいはそれ以前からアマテラスが国家神、皇祖神であったかのように書かれている。

このような歴史の捏造、改変はどのようにして可能となったのか？　何がそのような歴史の捏造、改変を可能にしたのか？　端的に言えば、それは天の岩屋に籠った太陽女神ヒルメの見入った鏡であると言える。

この点について考えるために、『古事記』の天の岩屋戸神話を見て行こう。

『古事記』の天の岩屋戸神話は、スサノオの乱行に続いて、アマテラスが岩屋へ逃げ込み、それに続いて八百万の神がアマテラスを岩屋からおびき出す策を考案し、アメノウズメが「楽《あそび》」をする場面を次のように記述する。神野志隆光と山口佳紀による現代語訳も掲げておこう。

故是《かれここ》に、天照大御神、見畏《みかしこ》み、天《あめ》の石屋《いはや》の戸《と》を開《ひら》きて、刺しこもり坐《ま》しき。爾《しか》くして、高天原《たかあまのはら》皆暗《みなくら》く、葦原中国《あしはらのなかつくに》悉《ことごと》く闇《くら》し。此に因《よ》りて常夜《とこよ》往《ゆ》きき。是《ここ》に、万《よろづ》の神の声《こゑ》は、狭蠅《さばへ》なす満《み》ち、万の妖《わざはひ》は、悉《ことごと》く発《おこ》りき。是《ここ》を以《もち》て、八百万《やほよろづ》の神、天《あめ》の安《やす》の河原《かはら》に神集《かむつど》ひ集《つど》ひて、高御産巣日神《たかみむすひのかみ》の子、思金神《おもひかねのかみ》に思はしめて、常夜《とこよ》の長鳴鳥《ながなきどり》を集《あつ》め、鳴かしめて、天《あめ》の安《やす》の河《かは》の河上《かはかみ》の天の堅石《かたしは》を取り、天の金山《かなやま》の鉄《くろがね》を取りて、鍛人《かぬち》の天津麻羅《あまつまら》を求めて、伊斯許理度売《いしこりどめの》命《みこと》に科《おほ》せ、鏡を作らしめ、玉祖命《たまのおやのみこと》に科《おほ》せ、八尺《やさか》の勾璁《まがたま》の五百津《いほつ》の御《み》すまるの珠《たま》を作らしめて、天児屋命《あめのこやのみこと》・布刀玉命《ふとたまのみこと》を召して、天《あめ》の香山《かぐやま》の真男鹿《まをしか》の肩《かた》を内抜《うつぬ》きに抜きて、天の香山の天《あめ》のははかを取りて、占合《うらな》ひまかなはしめて、天の香山の五百津真賢木《いほつまさかき》を、根こじにこじて、上《かみ》つ枝《え》に八尺《やさか》の勾璁《まがたま》の五百津《いほつ》の御すまるの玉を取《と》り著《つ》け、中《なか》つ枝《え》に八尺《やあた》の鏡を取り繋《か》け、下《しも》つ枝《え》に白丹寸手《しらにきて》・青丹寸手《あをにきて》を取り垂《し》でて、此《こ》の種々《くさぐさ》の物は、布刀玉命、ふと御幣《みてぐら》と取り持ちて、天児屋命、ふと詔戸言《のりとごと》禱《ほ》き白《まを》して、天手力男神《あめのたぢからをのかみ》、戸の掖《わき》に隠《かく》り立ちて、天宇受売命《あめのうずめのみこと》、手次《たすき》に天の香山の天《あめ》の日影《ひかげ》を繋《か》けて、天《あめ》の真析《まさき》を縵《かづら》と為《し》て、手草《たぐさ》に天の香山の小竹《ささ》の葉を結《ゆ》ひて、天《あめ》の石屋《いはや》の戸にうけを伏《ふ》せて、蹈《ふ》みとどろこし、神懸《かむがか》り為《し》て、胸乳《むなち》を掛《か》き出《い》だし、裳《も》の緒《を》をほとに忍《お》し垂《た》れき。爾《しか》くして、高天原動《たかあまのはらとよ》みて、八百万《やほよろづ》の神共に咲《わら》ひき。

それで天照大御神は見て恐れ、天《あめ》の石屋《いわや》の戸を開き、なかにおこもりになられた。すると高天原はすっかり暗くなり、葦原中国《あしはらのなかつくに》も全く暗くなった。こうして夜がずっと続いた。そこで、大勢の神々の騒ぐ声は、五月ごろ湧き騒ぐ蠅のようにいっぱいになり、あらゆるわざわいがすべて起った。それですべての神々が天《あめ》の安《やす》の河原《かわら》に集り、高御産巣日神《たかみむすひのかみ》の子、思金神《おもいかねのかみ》に考えさせて、まず常夜《とこよ》の長鳴鳥《ながなきどり》を集めて鳴かせ、天の安の河の川上にある堅い石《いわ》を取り、天の金山《かなやま》の鉄を取って、鍛人《かじ》の天津麻羅《あまつまら》を捜し出し、伊斯許理度売命《いしこりどめのみこと》に命じて鏡を作らせ、玉祖命《たまのおやのみこと》に命じて八尺《やさか》の勾玉《まがたま》を数多く長い緒に貫き通した玉飾りを作らせ、天児屋命《あめのこやのみこと》と布刀玉命《ふとたまのみこと》をお呼びになって、天の香山《かぐやま》の雄鹿の肩の骨をそっくり抜き取ってきて、天の香山のカニワ桜を取ってその骨を焼いて占わせ、天の香山の茂った榊を根こそぎ掘り取ってきて、その上方の枝に八尺の勾玉を数多く長い緒に貫き通した玉飾りをつけ、中ほどの枝に八尺《やあた》の鏡をかけ、下方の枝には白い幣と青い幣をさげて、このさまざまな品は、布刀玉命が尊い御幣として捧げ持ち、天児屋命が尊い祝詞《のりと》を寿ぎ申し上げ、天手力男神《あめのたぢからおのかみ》が戸の脇に隠れ立ち、天宇受売命《あめのうずめのみこと》が天の香山の日陰蔓《ひかげかずら》を欅《たすき》にかけ、真析蔓《まさきかずら》を髪飾りにして、天の香山の笹の葉を採物に束ねて手に持ち、天《あめ》の石屋《いわや》の戸の前に桶《おけ》を伏せて踏み鳴らし、神がかりして胸の乳を露出させ、裳《も》の紐《ひも》を女陰までおし垂らした。すると、高天原《たかあまのはら》が鳴り響くほどに数多《あまた》の神々がどっと笑った。

（『古事記』、六三―六五頁）

私たちにとって決定的に重要なのは、『古事記』天の岩屋戸神話の、アマテラスが八百万の神の策略に乗せられ岩屋からおびき出される次の部分である。

是《ここ》に、天照大御神《あまてらすおほみかみ》、怪《あや》しと以為《おも》ひ、天《あめ》の石屋《いはや》の戸を細《ほそ》く開《ひら》きて、内に告《の》らししく、「吾《あ》が隠《こも》り坐《ま》すに因《よ》りて、天《あま》の原自《はらおのづか》ら闇《くら》く、亦《また》、葦原中国《あしはらのなかつくに》も皆闇《みなくら》けむと以為《おも》ふに、何《なに》の由《ゆゑ》にか、天宇受売《あめのうずめ》は楽《あそび》を為《し》、亦《また》、八百万《やほよろづ》の神は諸咲《もろもろわら》ふ」とのらしき。爾《しか》くして、天宇受売が白《まを》して言《い》はく、「汝《な》が命《みこと》に益《ま》して貴《たふと》き神の坐《いま》すが故《ゆゑ》に、歓喜《よろこ》び咲《わら》ひ楽《あそ》ぶ」と、如此言《かくい》ふ間《あひだ》に、天児屋命《あめのこやのみこと》・布刀玉命《ふとたまのみこと》、其《そ》の鏡を指《さ》し出《い》だし、天照大御神《あまてらすおほみかみ》に示《しめ》し奉《まつ》る時《とき》に、天照大御神、逾《いよ》よ奇《あや》しと思ひて、稍《やをや》く戸より出《い》でて、臨《のぞ》み坐《ま》す時に、其《そ》の隠《かく》り立てる天手力男神《あめのたぢからをのかみ》、其の御手《みて》を取り引き出《い》だすに、即《すなは》ち布刀玉命、尻《しり》くめ縄《なは》を以《もち》て其の御後方《みしりへ》に控《ひ》き度《わた》して、白《まを》して言《い》ひしく、「此《これ》より以内《うち》に還《かへ》り入ること得《え》じ」といひき。故《かれ》、天照大御神の出《い》で坐《ま》しし時に、高天原《たかあまのはら》と葦原中国《あしはらのなかつくに》と、自《おのづか》ら照《て》り明《あか》ること得《え》たり。

そこで、天照大御神《あまてらすおおみかみ》は不思議に思い、天《あめ》の石屋《いわや》の戸を細めに開けて、その内で、「私がここにこもっているので、天の世界は自然に暗く、また葦原中国《あしはらのなかつくに》もすべて暗いだろうと思うのに、どうして天宇受売《あめのうずめ》は歌舞をし、また数多《あまた》の神々は、みな笑っているのか」と仰せられた。そこで天宇受売が申して、「あなた様よりも立派な神がいらっしゃいますので、喜び笑って歌舞をしているのです」と、こう言っている間に、天児屋命《あめのこやのみこと》と布刀玉命《ふとたまのみこと》があの鏡を差し出して、天照大御神にお見せ申し上げると、天照大御神はいよいよ不思議に思って、少しずつ戸から出て鏡に映ったお姿をのぞき見なさるその時、脇に隠れ立っていた天手力男神《あめのたぢからおのかみ》がそのお手を取って外へ引き出すと、すぐ、布刀玉命が注連縄《しめなわ》を天照大御神のうしろに引き渡して、「これから内へおもどりになることはかないません」と申し上げた。こうして天照大御神がお出ましになった時、高天原《たかあまのはら》も葦原中国も自然と照り明るくなった。（六六—六七頁）

この一節で、「天照大御神《あまてらすおほみかみ》」が「怪《あや》し」と思ったのは、確かに自分が天の岩屋に籠ったせいで天も葦原中国も暗いと思ったら、天宇受売が歌舞をし、八百万の神がみな笑っているためである。しかし、「天照大御神」が「逾《いよ》よ奇《あや》し」と思い、岩戸より出るに至ったのは、明らかに天児屋命《あめのこやのみこと》と布刀玉命《ふとたまのみこと》の差し出した鏡に映った自身の姿を見たからだ。

『古事記』に明言されてはいないが、鏡を差し出されて「天照大御神」が「逾《いよ》よ奇《あや》し」と思ったのは、明らかにそこに太陽としての、日神としての自身の姿が映っていたからだ。本居宣長はこの部分について、「さて此《ノ》御鏡を見せ奉れるからに、日《ノ》神の御光《リ》うつりて、全等同《モハラヒトシ》く照《テリ》かゞやくを以て、汝命に勝《マサリ》て貴神とは、即《チ》此《ノ》御鏡を申《シ》なせるものなり」と書いている。また、「逾《いよ》よ奇《あや》し」という部分について次のように言う。「逾思レ奇《イヨヨオモホシテアヤシト》而とは、此《ノ》御鏡の己命《オノレミコト》と等《ヒトシ》く照《リ》明《ラ》けきを御覧《ミソナハシ》て、實に宇受賣の申せる如く、貴《キ》神坐《イマ》すことよと、奇《アヤシ》み御思《オモホス》なり、〔……〕」（『古事記傳一』、『本居宣長全集』第九巻所収、三八〇頁）。神野志隆光と山口佳紀による古事記註にあるように、「「汝が命に益して貴き神」がいるといったのを証するかのような神の姿（実は鏡に写った自分の姿）を認めたので、ますます不審に思ったのである」（六六頁）ということだ。

つまり、この一節で「天照大御神」は鏡に映った自分の姿を自分であると捉えずに自分とは別の神の姿であると誤認した。そのために、「天照大御神」は「逾《いよ》よ奇《あや》し」と思った、いよいよ不思議に思ったということになる。

自分の鏡像を自分でないものと取り違えるこのような経験をフロイトは「不気味なもの」の註の一つで自身の経験を想起しつつ語っている。

私が寝台車の車室にただ一人座っていた時のこと、列車の走行が激しくつっかえた際に、隣接するトイレに通じる扉が開き、ナイトガウンを着た年配の男が旅行帽を頭にのせたまま私の車室に入ってきた。この男は、二つの車室の間にある小部屋を離れる際に方向を誤り、間違って私の車室に入って来たのだ、と私は思った。それで、彼に説明してやろうと跳び起きたのだが、しかし、この侵入者が連結部の扉についている鏡に映し出された私自身の像に他ならないことに気づき唖然とした。そこに現れた姿が自分にはまるで気に入らなかったことを、私は今なお覚えている。つまり、ドッペルゲンガーに驚愕したのではない。両者——マッハと私——とも、そもそもドッペルゲンガーだと認知することができなかったのだ。その際に抱かれた不快感は、やはり、ドッペルゲンガーを不気味に感じる原始の反応の残渣だったのではないか。

（『フロイト全集』第十七巻、四七頁）

「ドッペルゲンガー」とはドイツ語で「生き写しの人」、「分身」という意味であるが、このテクストでのフロイトと同様、天の岩屋戸神話のアマテラスもまた、自身の鏡像を自分であるとも、「そもそもドッペルゲンガーだと認知すること」もできず、他の神がいると、たとえ一瞬であっても考えたのであろう。

「不気味なもの」に於いて明言されているわけではないが、自身の像を他人と誤認したときの「不快感」は、この誤認を快原理の支配下に於ける「自我からの放逐」に接近させることを可能にする。フロイトによれば、快原理の支配下にあっては、「自我は差し出された対象を、それらが快の源泉である限り自分の自我の中に受け入れる。すなわち、(フェレンツィの表現に従えば)これらを取り込み、他方では、内部で不快を引き起こすものは、自分の中から押し出してしまう〔……〕」(「欲動と欲動運命」、『フロイト全集第十四巻』所収、一八八頁)。この取り込むことと押し出すことという二つの仕草は、食べることと吐き出すことでもある。「否定」でフロイトは、「口唇的な欲動」について次のように書く。

最も古い、つまり口唇的な欲動の蠢きの言葉で言うなら、それを私は食べたいのか、あるいは吐き出したいのか、ということである。さらに翻訳して言うなら、それを私は自分の中に取り込みたいのか、あるいは自分の中から閉め出したいのか、ということである。つまり、それが私の内部にあるべきか、あるいは外部にあるべきか、ということだ。本来の快自我は、既に別の個所で詳述したように、良いものは全て取り込み、悪いものは全て投げ出そうとする。悪いもの、自我の知らないもの、外にあるものは、自我にとっては差し当たり同じものなのである。

（『フロイト全集』第十九巻、五頁）

天の岩屋戸神話に「天照大御神」の不快感が書かれているわけではもちろんないが、「天照大御神」の誤認をフロイト的「吐き出し」であると考えることは可能であろう。天の岩屋戸神話に語られた「天照大御神」のこの自身の鏡像の吐き出しに於いて何が起っているのか？

まず確認しておきたいのは、このようにして吐き出された鏡像は、フロイトの言葉を借りれば、「外部にある」、「外にある」ものであり、以後高天原《たかあまのはら》と葦原中国《あしはらのなかつくに》を照らすのは、「天照大御神」の誤認によって吐き出され、「天照大御神」とは別のものであるとされ、他者であるとされた鏡像としての太陽であるということだ。「天照大御神」自身によって「天照大御神」ではないとされた太陽が以後高天原と葦原中国を照らして行くということだ。「天照大御神」の恐らく一瞬の誤認によって開かれた贋の太陽の照らす鏡の中の世界こそが八世紀初頭以降「日本」と呼ばれることになるものであると言いたくなる衝動に駆られるが、結論を急ぐことはやめにしよう。「天照大御神」に吐き出され、「天照大御神」とは別のものであるとされた鏡像の太陽が以後高天原と葦原中国を照らすと書いたが、そのような鏡像の太陽こそがアマテラスとしての「天照大御神」であると言えるのである。

西條勉が『「古事記」神話の謎を解く　かくされた裏面』で、「岩屋戸神話のストーリーには、アマテラスを皇祖神に変身させるモチーフが託されていたのである」と言っていることを想い起こそう。天の岩屋戸神話で語られているのは、まさにこのような「アマテラスの変身」、弥生時代以来の素朴な太陽女神ヒルメからアマテラスへの変身であった。ヒルメによって誤認され自身ではないとして吐き出された鏡像、誤認するヒルメの一瞬の意識の中にしか存在しない、誤認がなければ持続する間しか維持されない鏡像としての贋の太陽こそがアマテラスであり、それが以後「日本」と名付けられることになる鏡の中にだけしか存しない表象空間を照らして行くのだと考えることができよう。

「天照大御神」が岩屋に隠れた途端に高天原と葦原中国が真っ暗になったとあるのである以上、『古事記』の天の岩屋戸神話で「天照大御神」と呼ばれる神は、太陽そのものに他ならない弥生以来の土着の太陽女神ヒルメであると考えられる。つまり、太陽であるヒルメが一瞬の誤認によって自分ではないとして吐き出した鏡像が、岩屋戸の外を照らす太陽であり、新たな神であるアマテラスであるということになる。そして、一瞬の誤認による吐き出しによって産出されたいわば贋の太陽を現実のものとして永続化させるという奇妙にねじれた不可能な操作によって生まれたのが、天皇制、訓読、隠喩、そして日本語という四つの側面から考察され得る「日本」という言説的・表象的・文化的空間だ。

「天照大御神」が岩屋から出た時に高天原と葦原中国は再び明るくなったと『古事記』にはある。しかし、「天照大御神」の岩屋戸籠りの前に照っていた太陽と後に再び照りだした太陽とが別物であることを強調したい。岩屋籠りの前に照っていた太陽は、弥生時代以来の素朴な太陽女神ヒルメとしての太陽であり、『古事記』では、「天照大御神」という神の形姿のもとに表象される。それに対して、岩屋籠りの後に再び現われた太陽は、例えば『古事記』に於いては同じ「天照大御神」という名前をもち同じ神であるとされているが、岩屋に隠れた太陽とはまさに別のものとして考えられた太陽であり、鏡の中にしかない太陽である。そして、この太陽が新たな神、皇祖神としてのアマテラスであるということになる。天の岩屋戸神話の次元では、素朴な太陽神であるヒルメの恐らく一瞬の誤認による吐き出しによって、鏡の中にアマテラスという神は誕生することになる。そして、誤認の持続する一瞬間しか存続しない鏡像を今後高天原と葦原中国を照らし続けるはずの新たな神として永続化し現実化するこの逆説的操作自体を「日本」と呼びたい誘惑にすら私は駆られる。

平たく言えば、「天照大御神」が岩屋から出た後は、鏡の中の太陽が外界を照らしているということだ。弥生時代以来の素朴な太陽女神である「天照大御神」は岩屋の中に葬り去られ、「天照大御神」という同じ名で呼ばれてはいるが、全く別の新しい神が、古い女神の誤認による吐き出しによって鏡の中に誕生した。そして、太陽が全く別の太陽になったのに応じて、太陽の照らす世界も「天照大御神」の岩屋戸籠りの前と後とでは全く別の世界であることになる。新しい神アマテラスの照らす高天原と葦原中国は以前のそれと異なり、鏡の中にしかない高天原と葦原中国である。「天照大御神」は、岩屋を出て、再び元の高天原と葦原中国に戻ったのではなく、古い女神ヒルメから分離した新しい神アマテラスとして、新たな世界へ、鏡の中にしか存在しない高天原と葦原中国へと入って行ったのである。そして、この一瞬の誤認の永続化・現実化から生まれた鏡の中の国が「日本」であるとも言えるであろう。

「日本」を生み出し、それ自体「日本」であるとも言えるような二重の操作をもう一度確認しておこう。それは、一瞬垣間見られた太陽とそれの照らす世界を永続化すると同時に、鏡の中の太陽とそれの照らす世界とを現実のものとするような二重の操作だ。この操作は、新たな神アマテラスである太陽とそれの照らす高天原と葦原中国の一瞬性と贋物性を隠蔽している。

この隠蔽を可能とする、より根本的な隠蔽があることを指摘すべきだろう。

新しい神であるアマテラスとそれの照らし支配する新しい高天原、葦原中国が、岩屋の中に葬り去られた古い太陽女神ヒルメの眼差し、意識によって支えられていることを忘れてはならない。ヒルメが自分ではないとして吐き出した自身の鏡像こそが新しい神アマテラスであるのだから。ヒルメからすれば、アマテラスは「悪いもの、自我の知らないもの、外にあるもの」（フロイト）であるはずであろう。

そして、天の岩屋戸神話は、古い女神ヒルメと新しい女神アマテラスを同一人物「天照大御神」の形姿のもとに統合・包摂することによって、ヒルメの存在を隠蔽している。ヒルメの視線と一瞬の誤認の意識が新しい神アマテラスと新しい世界「日本」を支えていることを隠蔽している。また、新しい神、新しい世界が、古い女神の誤認と吐き出しが持続する間しか存続し得ないことを隠蔽している。そのことによって神話は、新しい神アマテラスと新しい世界「日本」を永続的で現実的なものとすることに成功している。

新しい女神アマテラスと新しい世界「日本」が抑圧した表象は、自身の鏡像を吐き出し、そのことによって、新たな神や世界を生み出した古い太陽女神ヒルメの表象である。このようにして、アマテラスと「日本」は、自身を産出したメカニズム、過程を隠蔽・忘却している。そして、自分たちが、岩屋戸籠りという中断を経ながらも、太古から連続して世界を照らす太陽であり、照らされている世界、国であるということにしている。

天の岩屋戸神話は、古い女神による鏡像の誤認、誤った解釈によって新しい女神と新しい世界を鏡の中に案出したに過ぎないのに、古い女神から新しい女神への変化を隠蔽し、もとから「天照大御神」という一人の神がいて、それが岩屋戸に閉じこもりそして再び引き出されたとする。

このような天の岩屋戸神話の新しさは、イザナキ・イザナミ神話と比べてみるとよくわかる。

イザナキ・イザナミ神話にあっては、イザナキがイザナミを死の世界から連れ出すことはできなかった。しかも、イザナキが蛆のたかるイザナミの死骸を見てしまうということが起こる。天の岩屋戸神話では、岩屋戸の外にいる神々は岩屋戸の中の女神を見ない。逆に、岩屋戸の中の女神に鏡を差し出すことによって、別の神を見せ、新たな神を生み出させる。

岩屋に籠った古い女神の視線とそれによる自身の鏡像の誤認が新しい神と新しい世界を生み出し、その存続を保証するという奇妙な過程がここに確認される。

古い女神の視線が新しい女神と新しい世界の存在と存続を保証する。したがって、古い女神の視線と誤認を絶えず維持し更新しつつ、しかも古い女神の表象は隠蔽・抑圧して、古い女神ヒルメの存在なしに新しい神アマテラスとそれの照らす世界が、岩屋戸籠りという中断を経ながらも、太古から存続していたという幻想を作り上げねばならない。

どのようにすれば、そのようなことが可能になるのか？

古い女神ヒルメによる自身の鏡像の誤認とそれによる新たな女神アマテラスの誕生と言う事態は、二つの視点から解釈することが可能だ。

古い女神の視点からすれば、それは、既に述べたように、自身の鏡像の吐き出しということになろう。逆に、この吐き出しと誤認によって生み出された新しい太陽と神の支配する鏡の中の世界で編み上げられつつある『古事記』というテクストの視点からすれば、古い女神の表象の抑圧・忘却ということになるだろう。しかも、その古い女神なくしては、アマテラスとその支配する世界、国自体の存在もないわけだから、何らかの形で絶えず古い女神を呼び出さねばならない。天の岩屋戸神話では「八百万《やほよろづ》の神」の策略として表象される『古事記』というテクストの策略は、岩屋の中への古い女神の閉じ込めとそこからの引き出しという一見相反するかにも見える二重の操作のうちに認められる。

新しい神アマテラスとそれの支配する新たな国「日本」を存在させ、その存続を保証するためには、まず、古い女神ヒルメの誤認を解かず、ヒルメを永遠の錯誤のうちに残しておくことが必要だ。自分が一瞬だけ見た鏡像は他の神の実像であったという錯誤のうちに残しておくことが必要なのだ。ヒルメが岩屋から出て、その誤認、勘違いが解けると、一瞬のうちにアマテラスはヒルメの鏡像という位置に戻され、そのことによってアマテラスもそれの支配する「日本」も粉々に砕け散ってしまうだろうからだ。死んだヒルメを決して生き返らせぬように岩屋の奥深く閉じ込めることがアマテラスと「日本」の生と存続のために必要なのだ。アマテラスと「日本」の永続的な生は、ヒルメの死を絶対的な条件としている。一見したところとは反対に、天の岩屋戸神話は、物語の主人公「天照大御神」を岩屋から強引に引き出す仕草にもかかわらず、千引石を置いてイザナミを死の世界に閉じ込めるイザナミ神話と同様、「天照大御神」を岩屋の中に、死んだ古い女神ヒルメの一瞬の誤認の中に永遠に閉じ込める。そして、神話的テクスト自身は、岩屋の外にありつつ、鏡の中で、鏡の中に展開されるヒルメの永続化された誤認の中で、紡がれる。

神々の策略、あるいは『古事記』という神話的テクストの編み上げる策略は他方で、ある意味で、古い女神ヒルメを岩屋から引き出すことを目論む。神話的テクストは、岩屋の中のヒルメによって誤認され、自身とは別の太陽であるとされた太陽を誤認されたまま、鏡像でも似姿でもない現実の太陽としてしまう。つまり太陽を、太陽であるヒルメをある意味で岩屋の外に引き出す。そしてそれによって、鏡像の太陽に照らされた鏡の中の世界をも現実の世界としてしまう。

神話的テクストのこの二重の操作、二重の策略を噛み砕いて言い換えれば、古い女神ヒルメの眼差しと意識、そして自身の鏡像についての誤った解釈は不可欠だが、ヒルメ自身は要らない、ということになろう。ヒルメ自身は閉じ込め、その誤認された鏡像だけを引き出す。イザナミ神話より遥かに複雑な操作がここに認められる。

別の言い方をすれば、ヒルメが自身の鏡像を誤認した瞬間に、そしてその瞬間にだけ太陽は二つある。実像としての太陽と虚像、鏡像としての太陽だ。片方の太陽（実像）は岩屋の中に閉じ込め、もう一つの太陽（虚像、鏡像）は岩屋の外に引き出す。もし実像である古い女神ヒルメが外に出たら、虚像はただの虚像である鏡像に過ぎぬものとなり、新たな神アマテラスは粉々に砕け散ってしまう。

天の岩屋戸神話という神話的テクストは、古い女神の身体の消去と彼女の眼差しと誤認の掠め取りという二重の操作を、テクストの表層からの古い女神という登場人物の抹消というやり方で遂行する。神話の主人公を「天照大御神」ひとりにしてしまえば、そしてその「天照大御神」が岩屋籠りをして再び引き出されたことにすれば、岩屋に閉じ込められる古い女神ヒルメはテクストの表層からいなくなる、抹消することができる。

こうして、例えば『古事記』の現にある、現に伝えられている天の岩屋戸神話のテクストとあたかも無意識の思考であるかの如く抑圧され隠蔽された元のテクストとを区別することが可能となる。現に伝えられたテクストにあっては、「天照大御神」という古くからある女神が岩屋に籠り、神々の策略によって再び外に引き出される。それに対して、抑圧・隠蔽されたままに留まる原＝テクストにあっては、太陽女神ヒルメがスサノオの悪行に追われるようにして岩屋に籠り、次いで、この女神の鏡を見る視線と誤認された鏡像のみが岩屋の外に出され、鏡像ではない実像であり現実的なものであるとされ、新たな女神アマテラスであるとされる。古い女神ヒルメの身体は岩屋に閉じ込められ、この女神は殺され、岩屋の中に永遠に葬り去られる。この部分は、現にある天の岩屋戸神話には伝えられていないテクストの欠落部分をなし、記紀神話に現れる「稚《わか》日女尊《ひるめのみこと》」や「天の服織女《はとりめ》」の死という形でのみテクストの表層に浮かび上がって来ている。

3　天皇制の起源——鏡・物語・ヒルメの身体の消去

『古事記』にあっては、天の岩屋戸神話の後に来るオオクニヌシ神話を経て天孫降臨神話に至って、天の岩屋戸神話で岩屋から引き出された「天照大御神」がタカミムスヒに他ならない「高《たか》御産巣日神《みむすひのかみ》」あるいは「高木神《たかぎのかみ》」とともに高天原に位置する国家神、天の至高神として再登場し、葦原中国の平定を命ずることになる。このことによって、『古事記』という神話的テクストの構造は、岩屋戸籠り前の「天照大御神」とタカミムスヒと並ぶ国家神として再登場する「天照大御神」とのコントラストを強調し、岩屋戸籠りの際の「天照大御神」の変身を読み取らせるように機能している。

しかし、既に指摘したように、岩屋戸籠り前の「天照大御神」とその後の「天照大御神」は全く別人であり、岩屋戸に籠ったヒルメの身体は永遠に閉じ込められ、ヒルメの誤認された鏡像だけが岩屋の外に取り出され、それが国家神アマテラスとなったことを忘れてはならない。

とは言え、ヒルメの身体の抹殺とその誤認された鏡像の掠め取りについて話を純粋に鏡像の視覚的側面に限定しつつ語るだけでは、まだことの半面しか説明したことにならないこともまた確かだ。アメノウズメを中心とする神々たちの策略は、視覚的面からのみ考えられたヒルメの鏡像の掠め取りに限定されるものではないからだ。実際私は、鏡像の掠め取りの視覚的側面についてのみ語り、その言語的・物語的側面については捨象していた。策略は、鏡像の掠め取りに存するのみならず、アメノウズメの「楽《あそび》」、とりわけ物語＝フィクション＝嘘によるおびき出しにも存するのである。

『古事記』の天の岩屋戸神話に於いて、岩屋の外で神々たちが歌舞をし、笑っていることを訝しんだヒルメにアメノウズメが「汝《な》が命《みこと》に益《ま》して貴《たふと》き神の坐《いま》すが故《ゆゑ》に、歓喜《よろこ》び咲《わら》ひ楽《あそ》ぶ」と答え、その間に天児屋命《あめのこやのみこと》と布刀玉命《ふとたまのみこと》が鏡を差し出したことを思い起こそう。つまり、鏡の提示と言葉による他の神の存在の提示は同時的なものであったのであり、ヒルメによる自身の鏡像の誤認は純粋に鏡によってのみ引き起こされたのではない、ということだ。

ヒルメの誤認が可能になったのは、他のより素晴らしい神がいるかもしれないとヒルメが一瞬思ったからであり、一瞬だけ自身の鏡像を、単に自身の鏡像でない他の誰でもいいものとしてではなく、他のより優れた神自身であると思ったからだ。他の神がいると思わなかったら、他の神がいるというアメノウズメによるフィクション＝嘘がなかったら、ヒルメが自身の鏡像を自分以外のものであると思ったはずはなく、したがって、ヒルメによる鏡像の誤認は起こらなかったであろう。

鏡像の掠め取りは、光の戯れ、反映によるのみならず、まず何よりも言語＝物語によるものである。鏡像の掠め取りの光学的・視覚的次元のみならず、言語的次元をも視野に入れねばならない。

このように考えると、ヒルメの鏡像の誤認は、単に自身の鏡像の吐き出しによるものではなく、全くフィクション的な架空のものである「他のより優れた神」、「汝《な》が命《みこと》に益《ま》して貴《たふと》き神」へのヒルメの鏡像の変貌によるものであることがわかる。

ヒルメによる自身の鏡像の吐き出しが同時に他のより優れた神の現実的な身体をもった実像の産出であり、ヒルメ自身の鏡像の消滅がすなわち他の神の現実の身体の誕生であることを強調したい。ヒルメによる自身の鏡像の誤認とは、ヒルメ自身の鏡像の消失と他の神の現実存在の誕生の同時的生起であるということになる。

とすれば、アメノウズメによる歌舞と物語によるヒルメのおびき出しは、他のより立派な神の存在という純粋な嘘でありフィクションであるものを肉化し現実化するための手段でもあるということになろう。ヒルメがこのおびき出しに応じて、一瞬でも自身の鏡像を他のより優れた神の実像であると勘違いすることによって、純粋な嘘であり、フィクションであったはずのヒルメより優れた他の神の存在が現実的かつ永続的なものとなるのである。ヒルメの身体は岩屋の中に閉ざし抹消しその誤認された鏡像のみを岩屋の外に掠め取るとはすなわち、弥生以来の土着神のひとつに過ぎなかったヒルメとは異なる、ヒルメより優れた他の神の現実の肉体を岩屋の中から引き出すことを意味する。そして、たとえ一瞬の誤認から生まれたものであったにせよ、引き出された他の神は現実的な肉体をもつ太陽なのであるから、ヒルメの身体を岩屋の中に閉じ込め一瞬の誤認が永遠に解消されないようにさえすれば、それは一瞬で消え去るものではなく永続的なものであり、またその照らす世界も鏡の中のものではなく、単なる鏡像に過ぎぬものではなく、現実的なものであることになろう。ここに、新たな神アマテラスを中心とする世界の秩序が生まれたのである。

アメノウズメの「楽《あそび》」、「たまふり」の真の意味は、一土着神ヒルメから国家神アマテラスを創り出す錬金術に他ならない物語＝嘘と鏡による鏡像の掠め取りにあると言えるのだ。

この点にはまた立ち帰るとして、ここでは、鏡と語り＝騙りは不可分の一対をなしているのであり、そのどちらを欠いても国家神アマテラスは生まれなかったことを強調しておきたい。

物語なしの鏡だけでは、歌舞や言語なしの沈黙のうちに於ける純粋な光の、反映の戯れだけでは、たとえ鏡像を吐き出したとしてもヒルメ以外の誰でもいい他の者の実像が現われるだけで、国家神となるような新たな卓越した神の身体は生まれない。また、鏡なしでは、物語はあくまで嘘、フィクションに留まり、語られただけの他のより優れた神は、現実のものとして肉化しない。

ヒルメによる自身の鏡像の誤認という錯誤は、自身の鏡像を誰でもいい他者の実像としてしまう単なる吐き出しではなく、何よりも新しい神の実像を、現実的な身体を生むことに帰結する。誤認による一瞬の鏡の中の世界では、誤認の瞬間から現実の太陽に照らされた現実の世界が現われる。この現実の世界は、鏡なくしては現実の世界たり得なかったのであるが、しかし、それは鏡の中の世界ではなく、鏡像ではなく、あくまでも現実の世界である。アメノウズメの「楽《あそび》」によって捏造されたフィクションの世界、架空の世界、嘘の太陽に照らされた、そこで神々の笑う明るい世界は、ヒルメに誤認された消え去る鏡像の中で現実の世界となる。

このように考えると、鏡とは、自身が消滅することによって、自身を否定することによって、ヒルメによって忘却されることによって、現実の神とそれの支配する新しい現実の世界を生む装置であると言える。しかも、鏡なくしては、現実の神も世界も生まれ得ないのである。

アメノウズメの「楽《あそび》」、「たまふり」による誤認・錯誤の産出とは、一土着神に過ぎないヒルメの鏡像から、ヒルメを映した鏡から、現実の太陽とその照らす世界を、そして、国家神であるような現実の神を作り出す錬金術であると言えよう。あるいは、神とその神の支配する世界について語る純粋な嘘でありフィクションである物語から、ヒルメの鏡像を介して、現実の国家神とその支配する国を作り上げる錬金術であると言えよう。

錯誤の瞬間のヒルメにとって鏡はない、現実の太陽と自分より優れた神の現実の身体しかない、ということを強調したい。誤認・錯誤は、自身の鏡像を自分ではなく他人であると思ったことつまり吐き出しのみにあるのではなく、鏡の中にではなく現実の世界に他の神がいると勘違いしたことに存する。その勘違いが、現実的で永続的な実像の神を生み出した。

錯誤の瞬間のヒルメにとっては鏡はない。鏡は、アメノウズメを始めとする「楽《あそび》」＝「たまふり」をする神たちにとってはあった。誤認・錯誤とは、単に吐き出しに起因するものではなく、ヒルメによって遂行される鏡を消去する操作自体のことである。

「楽《あそび》」、「たまふり」とは、神のいない闇の中でフィクションを練り上げ、それによってヒルメを欺き、岩屋に籠ったヒルメの脱フィクション化作用のある誤認された鏡像のみを岩屋から引き出し掠め取ることによって、「楽《あそび》」、物語、フィクションとしての自身を否定し破壊し消滅させ、新たな神と新たな現実を生み出す機能であると言ってよいだろう。それは同時に、フィクションとしての自身とともに、神々たちのいる、神のいない世界という現実をも消し去る機能である。

このように規定された「楽《あそび》」、「たまふり」の自己破壊的、自己否定的本質は、むすび、結合として理解される折口的「たまふり」の概念と逆行するものである。

「たまふり」とは、折口信夫によれば、「靈魂を體内に定著せしめる法」である。「部族・種族の中で、特に權威を持つ人に限つて憑《ヨ》り來たる威靈」を「長上のおん方」の「御躬《ミ》にふれ著かしめる方術」を行なうのが「神遊《カム》び」である。折口はまた、物語の起源をこのような「たまふり」の場で唱えられた言葉に見ている。「此鎮魂《タマフリ》を修する際に、その咒術威力を彌《イヤ》が上に發揚させる爲、唱へた詞が次第に敍事的な音調に傾いて出來たのが「物語」であつた」(『古典に現れた日本民族」、『折口信夫全集』第八巻所収、一九―二〇頁)。

天の岩屋戸神話という「物語」について、折口は次のように書く。「天石窟隱《アメノイハヤゴモ》りの神語りは、申すも畏い皇祖の御身に、更に新なる稜威を持つた外來の靈を迎へ入れ奉らうとした物語である」(二〇頁)。天の岩屋戸神話とはしたがって、「たまふり」の際に唱えられた詞が物語に発展したものであると同時に、「たまふり」の現場を叙述した物語であると言えるだろう。

折口は、物語のみならず「うた」や踊りの起源をも「たまふり」のうちに見ている。「うた」は、「たま」を体に密着させるための方法と考えられている。「此、鎮魂の方法としての唱へ言がうたで、其を唱へてゐると、たまが寄つて來て密著する」(「上代貴族生活の展開」、『折口信夫全集』第九巻所収、三八頁)。また、「あそび」とは、生死不明の人に魂をつけるための舞踊のことである。「あそぶは舞踊する事、それもたゞの舞踊でなく、鎮魂の舞踊である」(「歌の發生及びその萬葉集における展開」、『折口信夫全集』第九巻所収、九七頁)。天の岩屋戸神話に見られるのは、まさにこのような「あそび」であった。「譬へば、天岩屋戸に天照大神がおかくれになつた時、天鈿女命が、その前で踊られたといふ話に見られる如く、そこには、生死不明の時期だから、魂しづめとしての歌舞を捧げられたといふ事が、想像出來るのである」（九八頁）。

天の岩屋戸神話の「楽《あそび》」についての一節は、折口によれば、うたや踊り、演劇、物語の起源にある「たまふり」の起源について語ったものである。

天鈿女命のした舞いは演劇史上、文学史上、重大なことである。また日本の演芸の古い舞台をなしている。ちまきぼこを持ち、うけを伏せてふみとどろかすと土地の精霊が眼をさまして女につく、それがまた天子につくのだ。この鎮魂の行事が鈿女の子孫の仕事となるのだ。この場合は天照大神が魂を落したということで、この話は鎮魂の起源の説明である。

（「日本芸能史」、『折口信夫全集　ノート編』第五巻所収、一六頁）

折口によって、物語、うた、舞踊、演劇の起源にあるとされた「たまふり」は、要するに、霊、魂を身体に結び付けること、むすぶことを特徴としている。そこから、折口に於ける「むすび」

の重要性、そして「靈魂を肉體に結びつける神」(「産靈の信仰」、『折口信夫全集』第二十巻所収、二五八頁)、「靈魂をば神或は人間の身體に結びつける技術を持つた、さうした産靈の神」(二五九頁)としてのタカミムスヒ、「高皇産靈神・神皇産靈神、卽むすびの神」(「神道の新しい方向」、『折口信夫全集』第二十巻所収、四七〇頁)の重要性が生まれて来る。

　タカミムスヒの折口の思考に於ける位置はかなり曖昧だ。それは、「天照大神の蔭にかくれてゐる神」であり「天照大神の相談相手」(「古代人の思考の基礎」、『折口信夫全集』第三巻所収、四二八頁)であると定義されることもあれば、もっと漠然と「天照大神、或は天御中主神、それらの神々の間に漂蕩し、棚引いてゐる一種の宗教的な或性質の、混じてゐるところの神なるもの」(「神道の新しい方向」、『折口信夫全集』第二十巻所収、四六九頁)として語られることもある。

　このような曖昧さは恐らく、折口にとってタカミムスヒがアマテラスの相談相手でもありむすびの神でもあることに起因するのだろう。確かにタカミムスヒは、『古事記』の天の岩屋戸神話以降の展開に於いて、アマテラスの相談相手として、あるいはアマテラスに同伴する天上界の神として登場する。しかし、「たまふり」、「むすび」の起源を語る『古事記』の天の岩屋戸神話にあってのタカミムスヒの位置はどのようなものであるのだろうか？　私の考えでは、タカミムスヒの位置は二重のものである。タカミムスヒはまずアメノウズメの語りの中に「汝《な》が命《みこと》に益《ま》して貴《たふと》き神」として現われるが、何よりもそれは、岩屋に籠ったヒルメに差し出された鏡の中に鏡をそして物語を消去する誤認・錯誤そのものとして輝く太陽神、「汝《な》が命《みこと》に益《ま》して貴《たふと》き神」の実像として現れる。「むすび」とは、他のより優れた神の出現に他ならない鏡と物語の二重の消去機能そのものを意味する。これが、『古事記』に於いてアマテラスと並ぶ天上界の神として主題化・人物化される前のタカミムスヒの本当の姿である。したがって、タカミムスヒが太陽神であるとされたり（もちろん折口はそれについては留保を示している（「古代人の思考の基礎」、『折口信夫全集』第三巻所収、四二九頁））、むすびの神であるとされたりして来たのには理由がある。タカミムスヒとは、外来の太陽神であると同時に、鏡と物語を消去することによってアマテラスという国家神に命を与え、その現実的で永続的な肉体を与える作用そのもののことであるからだ。

したがって、天の岩屋戸神話に認められるのは、アメノウズメの「たまふり」によって作用した「むすび」の働きによってヒルメが息を吹き返したということではなく、岩屋の中でヒルメに差し出された鏡の中への、新しい神アマテラスとそれの照らす新たな世界として輝く鏡と物語の消去機能の唐突な出現であり、誤認を撤回し得るヒルメの身体の切除である。「たまふり」の起源にある光景はそのようなものだ。折口は、鏡像の誤認・錯誤に他ならない鏡、物語、ヒルメの身体の同時的消去、同時的削除を「むすび」あるいは「たまふり」と呼んだに過ぎない。

折口が「たまふり」や「むすび」という言葉で解釈した鏡・物語・ヒルメの身体の同時的消去による新たな神と世界の誕生を巡る議論は、天皇制の根幹に迫るものでもある。

「たまふり」によって身体に附着すべき「たま」の一つに、そのもっとも威力あるものとして、「天皇靈」があることを折口は指摘している。「〔……〕結局、時あつて外からやつて來るたまなるものがあつて、此が身體に密着すると、威力・活力の根元になる――天皇靈も其一つで、最威力あるもの――と考へた（「上代貴族生活の展開」、『折口信夫全集』第九巻所収、三八頁）。また、折口が「古典に現れた日本民族」で次のように書いていたことを想い起こそう。「天石窟隠《アメノイハヤゴモ》りの神語りは、申すも畏い皇祖の御身に、さらに新なる稜威を持つた外來の靈を迎へ入れ奉らうとした物語である」。とすれば、天の岩屋戸神話に確認された、ヒルメの鏡の中に唐突に介入して鏡と物語とヒルメの身体を消去し尽くした別のより優れた神の身体が折口が「天皇靈」と呼ぶものであることは明白であろう。とすれば、天の岩屋戸神話は、「天皇靈」誕生の、天皇制誕生の物語であることになる。

「天皇靈」とは、折口によれば、「天子様としての威力の根元の魂」(「大嘗祭の本義」、『折口信夫全集』第三巻所収、一九〇頁)、あるいは「天子様としての威力の根元の威靈、即、外來魂そのもの」(「劍と玉と」、『折口信夫全集』第二十巻所収、二二九頁)ということになる。そして、「すめみまの命には生死があるけれども、此肉體を充す所のたましひ(天皇靈)は終始一貫して不變であり、且唯一である。從つて譬ひ肉體は變り異なることがあつても、此天皇靈が這入れば全く同一な天子様となられる〔……〕」。

天皇制の根幹をなすと言ってよい大嘗祭の皇位継承儀礼について、「劍と玉と」の折口は次のように書く。


日つぎのみこの地位に在られる御方から天皇になられる御生命は、事實上時の流れと同様繼續して居るのであるけれども、形式上一定の期間、一旦藻抜けのからにならなければならないのである。すると其間に、天皇靈が其肉體の中に這入り來ると信じた。そしてこれが完全に密著すると、そのものは俄然新しい威力が備り、神聖なる天皇の御資格を得られるのである。そのたましひは恐らく前述のいつであらう。大嘗祭に、此いつが天子の御身體に憑依するのである。
先の天子が崩御遊ばされて、日つぎのみこの中の御一方に尊い神聖なたましひが完全に御身體に憑依し、次の天子としての御資格を得られる迄は、日光にも外氣にも觸れさせてはならないのであつて、若し外氣に觸れたならば、直に其神聖味を亡失するものと考へた。故に眞《マ》床襲衾《ドコオフスマ》で御身を御包みしたのである。古代には死と生とが瞭らかに決らなかつたので、死なぬものならば生きかへり、死んだものならば他の身體にたましひが宿ると考へて、もと天皇靈の著いて居た聖躬と新しくたましひの著く爲の御身體と二つ、一つ衾で覆つて置いて盛んに鎮魂術をする。この重大な鎮魂《ミタマフリ》の行事中、眞床襲衾と言ふ布團の中に籠つて物忌みをなされるのである。其外來魂の來觸密著を待つ期間をも「喪」と稱するのであつて、喪に服して居られる間に復活遊ばされると言ふ信仰であつた。

（『折口信夫全集』第二十巻、二二九—二三〇頁）

大嘗祭のこのような皇位継承儀礼の起源が天の岩屋戸神話のヒルメの岩屋戸籠りとアメノウズ

メによる「たまふり」にあることは疑いを入れない。「大嘗祭の本義」で折口が書くように、天の岩屋戸神話にあっても「たまふり」とそれによる復活という大嘗祭に於いて演じられることと全く同じことが起っているのである。

天照大神は、天ノ岩戸に籠られた。そして天ノ鈿女命は、盛んなる鎮魂術をやつた。それで、一度發散した天照大神の魂は、戻つて來て、大神は復活した。魂を附著せしむるといふ事は、直に死を意味するものとはならない。此處から考へても、あの大嘗祭の時の蓐の行事が、眞に死骸だと考へる事は出來ぬ。

（『折口信夫全集』第三巻、一九八頁）

既に述べたように、天の岩屋戸神話で語られているのは、そして天皇制の起源をなす光景のうちで実際に起こったことは、アメノウズメの「たまふり」によってヒルメが復活したということではない。岩屋の中のヒルメに差し出された鏡に唐突にアメノウズメの物語で語られていただけであった「汝《な》が命《みこと》に益《ま》して貴《たふと》き神」、ヒルメより優れた他の神の実像であり現実の身体であるものが鏡像の誤認・錯誤そのものとして出現し、鏡も物語もヒルメの身体もすべて消去し削除してしまい、みずからとみずからの照らし支配する国を現実的で永続的なものとして成立させてしまうという未曾有の出来事が、天の岩屋戸神話で語られているのである。鏡の中に突如乱入した他の神の実像が、鏡や物語そしてヒルメの身体を消去する抹消作用そのものに他ならない神の実像の唐突な出現自体が、折口の「天皇靈」と呼んだものであり、鏡と「楽《あそび》」・物語の自己抹消機能によって生まれた現実の身体を備えた新たな神こそがアマテラスと呼ばれる国家神なのである。「天皇靈」と呼ばれる何かの突然の出現・介入という天皇制を一気に出現させた起源の暴力、ヒルメの意識とそれを担う身体を一瞬のうちに消滅させた鏡と物語の自己破壊機能の発現という出来事を忘却することによって、折口がそうしたように、「天皇靈」と名指された出来事をその単独的であり唯一的な出現から切り離し実体化・概念化して歴代天皇の体に入りゆく同一的なるものとして、すなわち「天皇靈」として語ることが可能となる。また、大嘗祭に於けるように、既に実体化・概念化された「天皇靈」を天皇になるべき身体に附着させるという皇位継承儀礼によって起源の暴力を覆い隠しつつ反復するということが可能となる。そして『古事記』の天の岩屋戸神話の記述も起源のこの暴力的な光景をひた隠しに隠しつつ語っているのである。

II　古代言語論

天の岩屋戸神話で「天照大御神」の岩屋戸籠りとアメノウズメの「楽《あそび》」によるそこからの引き出しという表向きの物語によって隠されつつも語られたアマテラスの誕生とは、どのような出来事であったのか、もう一度振り返ってみよう。

岩屋戸に籠るヒルメに差し出された鏡の中に、アメノウズメの物語に於いて嘘であり架空のものであるものとして語（騙）られた他の神、別の神が、鏡像の誤認・錯誤そのものとして、物語・「楽《あそび》」と鏡の自己消去作用として、そして絶えざる生成変化のうちにあり常に自身の誤認・

錯誤を修正する可能性をもっていたヒルメの意識とそれを担う身体とを粉々に破裂させるヒルメ自身の唐突な死として、突如現実的で永続的なものとして、身体を備えた実像としてみずからの支配する現実の世界、国とともに出現する。鏡と物語そしてヒルメの意識と身体すべてを一瞬のうちに消滅させる同時的な消去・抹消機能が外来の太陽神タカミムスヒと呼ばれるものである。そして、タカミムスヒと呼ばれる消去・抹消機能そのものを国家神という形にいわば凝結し、実体化・概念化したものがアマテラスという新しい神である。

この全的な消去と破壊の壊滅的な光景がアマテラス生誕の光景であり、天皇制の源流にある「日本」の原光景である。そして、記紀神話はこの光景を隠しつつ叙述し、大嘗祭の皇位継承儀礼は「たまふり」と復活という形に歪曲しつつこの光景を反復して来た。

ここで、この壊滅的な到来が孕んでいる二つの問題に注目する必要がある。

一つ目の問題は、タカミムスヒに代表される外来的なものとヒルメに代表される土着的なものとの関わりについてのものだ。

既に再三述べたように、物語に語られただけの架空の存在に過ぎないヒルメより優れた他の神、別の神は、一旦はヒルメ自身が映るはずであった鏡の中に入らなくては現実の身体を備えたもののとなることはできない。土着神自身の鏡像の誤認を通してしか現実のものとして存在し得ない。現実化し肉化した神が現われるためには、最終的には鏡を消滅させるためであるとは言え、ヒルメの覗き込む鏡が絶対に必要であった。鏡と自身の鏡像を他者の実像と誤認するヒルメの眼差しが、それらを廃滅し消滅させるために、必要であった。

これをもう少し押し広げて考えてみて、導入された時代は全く異なるものの、漢字とタカミムスヒに代表される外来のもの一般についても、それらが一旦土着神の自身の鏡像を誤認する眼差しにさらされない限り現実のものとはならない、と仮定することはできないだろうか。そのように考えると、外来的なるものとは、土着的なものの誤認する眼差しと鏡を借りそこに現われつつ、土着的なるものの意識と身体を一気に消滅させる、また、言語・物語と鏡を一息に消去・抹消する他の神、別の神の身体を備えた実像の唐突で暴力的な介入であり出現であると言える。

それは、別の言い方をすれば、ヒルメの死が突如出現することでもある。ヒルメの意識を担っていた身体はばらばらに破裂し、ヒルメの意識は廃滅される。意識の生成は瞬時のうちに中断される。純粋な生成の中断としてのヒルメの死が外来的な神、そしてそれとともに確固たる永続的な存在を定立すると言ってもよかろう。常に生成途上にある意識の廃滅と存在であり永続的なものである神の出現は全く同じ出来事であると言う他はない。ヒルメの意識を誤認の瞬間でストップしてしまうものはまさに存在であり永続的なるものである神の突如の介入としての誤認自体なのである。別の神とその支配する国が一気に確固たる存在をもった現実的で永続的なものとして出現するということは、すなわち、その絶えざる生成変化のうちでいつでも誤認を解消し得るヒルメの意識を、そしてそれを担う身体を抹消することなのである。

二つ目の注記は、芸術の、とりわけ歌、物語など文学の起源の問題に関わる。

アマテラスとして実体化・概念化される鏡、物語、そしてヒルメの意識と身体の同時的抹消機能は、天皇制の起源の光景をなすものであると同時に、歌、物語など文学の起源に関わるものでもあった。物語、「楽《あそび》」は鏡と同様、自身を否定し消去することによって現実の神とその支配する世界を生み出す。文学的フィクションは存在しない神について嘘を語（騙）り、その嘘をヒルメに対して訴えかけることはできるが、鏡なくしては、その訴えも空しく、神を現実のものとすることはできない無力さをもつ。文学的フィクションは、ヒルメに差し出された鏡の中で文学・歌・物語としての自身を消去し破壊することによってのみ、文学としては消滅することによってのみ、自身の語（騙）る神と世界を現実的存在とすることができるのである。天の岩屋戸神話はしたがって、文学が文学自身を否定することによって文学として誕生するさまについて語った、文学誕生についての物語、物語誕生についての物語であるとも考えられる。

このように、天皇制の起源であると同時に文学・芸能の起源でもあるアマテラスの誕生という出来事を歴史的にどのように位置付ければよいのであろうか？

国家神アマテラス像が天武・持統時代から七世紀末にかけて創出されたことは既に述べた。『古事記』という神話的テクストの編み上げによって隠されつつも打ち明けられた日本古代を特徴付ける出来事としてのアマテラスの誕生は、当然天武帝による『古事記』撰録の発意から七一二年の『古事記』完成に至る期間に用意されたと考えることができるだろう。

しかし国家神アマテラスとして記紀神話によって実体化・概念化される前の鏡、物語、ヒルメの身体の同時的消滅という出来事については、持統帝から元明帝にかけてなされた皇位継承システムの完成と『古事記』によるアマテラスを皇位継承を支配する天上の至上神とした天皇制の完成という七世紀末から八世紀初頭にかけての律令国家完成期の出来事とのみ結び付けて考えるわけには行かない。新たに誕生した国家神アマテラスが同時代と言ってよい持統の反復であったのみならず、弥生以来の太陽女神ヒルメの反復であり、五世紀に高句麗から到来した外来の太陽神タカミムスヒの反復でもあったことを想い起こそう。鏡、物語、そしてヒルメの意識と身体とを一気に消滅させる壊滅的殺害の到来は、天皇制の誕生、うた、物語など文学の誕生、訓読や隠喩の創出などという形のもとに、七世紀以前から何度も反復され古代日本の文化と言語表現に激震をもたらして来た出来事であると考えられる。『古事記』は、古代日本の文化と言語表現に付きまとうようにして絶えず回帰して来るこの壊滅的到来の記憶とそのメカニズムをテクストの無意識のうちに抑圧しつつも語っているのである。

1　訓読——漢語と倭語の消滅と原＝日本語の誕生

外来のものが、土着的なるものの鏡像の誤認を通して、外来のものと土着のもの双方の抹消であり新たな現実的な神であるものとして到来する——。アマテラスの誕生という出来事のうちに素描されている外来的なるものと土着的なるものとのこの二重の消滅、二重の死とそれを通しての新たなる神の到来が言語の次元で展開されたとすれば、それは、訓読という日本文化にとっての根源的経験となる。訓読の誕生とは、一言で要約すると、外来語である漢語と土着の言語である倭語の二重の死と原＝日本語とでも呼ぶべき新たな言語の到来、に他ならない。

漢語が導入されて以来、長い年月の間、ごく一部の者たちが漢語を外国語として読み書き話す一方で、大多数の者たちが倭語とでも呼び得る文字を用いない言葉を話していた。恐らく六世紀の半ば頃に訓読という漢語と倭語を接近させる方法が編み出され、原＝日本語とでも呼び得る言語が誕生した。

『本居宣長』で小林秀雄は、訓読とそれのもたらした効果について次のように語っている。

和訓の發明とは、はつきりと一字で一語を表はす漢字が、形として視覺に訴へて來る著しい性質を、素早く捕へて、これに同じ意味合を表す日本語を連結する事だつた。これが爲に漢字は、わが國に渡來して、文字としてのその本來の性格を變へて了つた。漢字の形は保存しながら、實質的には、日本文字と化したのである。この事は先づ、語の實質を成してゐる體言と用言の語幹との上に行はれ、やがて語の文法的構造の表記を、漢字の表音性の利用で補ふ、さういふ道を行く事になる。

（『小林秀雄全集』第十四巻、三〇八頁）

ここでは、二つの点をおさえておけば十分だろう。まず、小林が「和訓の發明」あるいは訓読をかなり明確に定義付けていること、そして、訓読のもたらした効果として日本語の誕生を位置付けていることがそれだ。

小林秀雄は、訓読を「はつきりと一字で一語を表はす漢字が、形として視覺に訴へて來る著しい性格を、素早く捕へて、これに同じ意味合を表す日本語を連結する事」であると定義している。訓読とはつまり、漢語と「まだ文字に書き上げられておらず、定着していない言葉（倭語）」（石川九楊『万葉仮名でよむ『万葉集』』、二四頁）との「連結」であるということになる。

川端善明は、「訓」を「広義には漢字の意味のこと」であり、「限定して言うならば、特に日本語との対応が安定、ないし固定したもの」であると規定した上で、次のように書く。

ある漢字（例えば「山」）の意味にほぼ対応する意味をもった日本語（例えばヤマと発音される語）があって、その対応が慣習的に安定、ないし固定したとき、その日本語の音の面（ヤマ）を、その漢字（山）の訓と呼ぶのである。

（「万葉仮名の成立と展相」、『日本古代文化の探求　文字』所収、一三一頁）

「山」という漢語を例に取れば、「サン」という現在の音読みに多かれ少なかれ対応する発音でこの文字を外国語として発音する段階がまずあったであろう。石川九楊によれば「早ければ紀元前二〇〇年ごろ、どんなに遅くても西暦の紀元ごろには確実に漢字＝漢語は書かれ、使われていた」(『文字からみた東アジア　漢字の文明　仮名の文化』、一六頁)。ごく一部の支配者層が漢語を外国語として読み書き話したそのような長い年月に引き続いて、例えば「山」に意味的に対応する様々な倭語の中から「やま」という語が選別され、「山」という文字と「連結」されることが起こる。これが「和訓の發明」である。沖森卓也によればそのような「和訓の發明」、訓の成立は、最古の訓の確例とされる『岡田山一号墳鉄刀銘』の「各田マ臣」(「ぬかたべのおみ」)という文字群が明かすように、六世紀中葉以前に位置付けられる(『日本語の誕生　古代の文字と表記』、六二―六六頁)。

例えば、「山」という漢字に「やま」という倭語を「連結」するということは、「サン」という外国語としての漢語の発音を忘却、抑圧し、沈黙させることによって、「やま」という倭語を漢字のよみという従属的位置に置くことを意味する。抑圧され沈黙させられた外国語の発音としての「サン」の代わりに、倭語の「やま」が原＝日本語とでも呼び得る全く新たな言語の漢字「山」のよみ方・音声としての位置に置かれる。「やま」という単語は原＝日本語の漢字「山」との依存関係のうちでしか、原＝日本語の文字「山」のよみという従属的位置に置かれることによってしか存在を許されない何かとなる。従属的位置に置かれるとは、倭語が漢字のよみ方となること、つまり端的に言えば訓読によって新たに生れた原＝日本語の漢字となることであり、原＝日本語の文字のうちで例えば「やま」という倭語が死に、消滅し、それによって生じた欠如が、倭語の死自体が原＝日本語「山」のよみであるとされた「やま」となる。倭語の会話の中で独立した単語として用いられていたはずの「やま」という語は、倭語としては死に、消滅し、倭語「やま」の死であり欠如に過ぎぬものとなることなくして、原＝日本語「山」のよみであり音声であるものとなることは出来ない。

倭語がこのように原＝日本語に変貌し、原＝日本語の漢字のよみ方・音声となると同時に、漢語もまた、例えば「山」というその形態は全く同じままに維持しつつも、原＝日本語としか形容できない得体の知れない新しい何かとなる。『本居宣長』に於いて小林秀雄は次のように書いていた。「これが爲に漢字は、わが國に渡來して、文字としてのその本來の性格を變へて了つた。

漢字の形は保存しながら、實質的には、日本文字と化したのである」。訓読によって、例えば「やま」とよまれる「山」という原＝日本語の単語が誕生し、他方で、「山」という漢字・漢語は外国語である「山」（サン）と原＝日本語である「山」（やま）の二つに分裂する。

新たに生まれた原＝日本語の単語「山」のよみ・訓としての「やま」は、文字化以前の「やま」という倭語とは全く異なるものであり、文字化以前の音声言語である「やま」の死・消滅によって生まれた欠如、倭語の死自体の現れであるに他ならない。

このように考えて来ると、訓読とは、小林秀雄が考えたように「連結」であるというよりは、倭語と漢語の二重の死と原＝日本語とでも呼べる新たな言語の産出の同時生起とでも考えた方がよいように思える。この観点から、訓読の誕生をもう一度記述し直してみたい。

小林秀雄は、訓読を漢字と日本語の「連結」と考えた。折口信夫が「むすび」に古代天皇制の根本原理を見たように、小林はここで「連結」に訓読のメカニズムを見ている。天皇制や訓読を支配する根源的なメカニズムを結び付けること、結合することに見ることに於いて両者は共通している。

しかし、折口が天皇制の根本を考えるにあたって「むすび」を見たところに実は「楽（あそび)」や「たまふり」の自己消去、自己破壊、あるいは鏡、物語そしてヒルメの意識と身体の唐突な消滅という暴力的到来があったように、小林が訓読を考えるにあたって「連結」を見たところに倭語の鏡像の誤認に他ならない漢語と倭語の死と原＝日本語という得体の知れない新たな言語の唐突な出現があったと考えることはできないだろうか。アマテラス誕生のメカニズムと訓読誕生のメカニズムとの間に一種の同型性を見ることはできないだろうか。

漢語が列島に移入されても、紀元前二〇〇年頃から六世紀にかけてそうであったように、一部の知識人たちが外国語として漢語を使っている限り、それは土着の言語を根柢から揺さぶるような激震をもたらすことはなかったであろう。六世紀前半に位置付けられるとされる訓読という出来事の到来こそが、以降の日本文化を決定付けるほどの大変動を列島の言語使用にもたらしたのである。この出来事は次のように要約される。漢語が列島の土着言語である倭語の鏡像の誤認として、倭語の死として、そして漢語自身の死として、原＝日本語としか形容できないような得体の知れない何かとして突如到来する……。

もう一度「山」という例に立ち帰れば、訓読による「やま」という訓の誕生は、「やま」というよみが「山」という文字と切り離せないものである以上、「山」(やま)という原＝日本語の文字の誕生を意味する。この「山」という漢字は、一見漢語の「山」と全く同じであるが、「やま」というよみをもつ点で、漢語の「山」とは全く異なるものである。「やま」というよみをもった原=日本語「山」が生まれるということは、倭語「やま」が自身に差し出された漢語という鏡の中に自身の鏡像を見ることなく、つまり、漢語「山」とは意味論的類似以外の何の関係ももたない倭語「やま」を見ることなく、外国語としての漢語のよみである「サン」を沈黙させると同時に漢語という鏡と物語を破砕し消去しつつ、「山」という文字にこの文字のよみであるという資格に於いて不可分に結び付いた「やま」というよみを見ることに、すなわち「やま」というよみ・音声をもった「山」という文字、新たに誕生した原=日本語とでも呼ぶしかない得体の知れない言語の文字を見ることに存する。これが、倭語による自身の鏡像の誤認である。訓もまず、誤認として生まれた。訓読の誕生とは、倭語が、漢語という鏡を手に入れることによって、倭語自身の死と鏡・物語としての漢語の死に他ならない鏡像の誤認が実現し、例えば「やま」というよみ・音声の裏地を施された「山」というある全く新たな言語の文字が出現することである。

このような、倭語と漢語の二重の死と同時的な原=日本語の出現が訓読誕生という出来事である。

そのように考えると、訓読誕生のメカニズムがアマテラス誕生のそれとほぼ同じ構造をもっていることがわかる。

アマテラスの誕生に際してヒルメより優れた他の神を全くの嘘であり架空のものであるとして語（騙）っていた物語は、訓読誕生の際の漢語、漢字にあたる。列島に移入されたにしても、倭語の外で使われている漢語の文字は文字を知らない純粋な話し言葉である倭語にとっては架空の物語のようなものであろう。物語が誤認による現実的な神の出現に際して消滅したように、物語の中で語られていただけの漢語は、訓の誕生に際して、外国語としての自身に固有の読みを沈黙させせられた上で、新たに自身のよみであるとされた倭語である訓と切り離せない既に漢語ではない原＝日本語という全く未知の現実的な言語となることによって消滅する。

漢語はまた、アマテラスの誕生に際して不可欠なものであった鏡に対応するものでもあろう。倭語による自身の鏡像による誤認は、漢語という鏡を差し出されることによって初めて可能となる。漢語は、倭語の鏡となることによって外国語としての自身のよみを沈黙させられ漢語としての死に導かれる。それと同時に、倭語もまた、自身の鏡像の誤認によって、文字以前の音声言語である倭語としては消滅する。物語でもあり鏡でもある漢語と倭語の二重の消滅がすなわち新たな現実である、例えば「山」という文字と「やま」というよみの両方を備えた「山」（やま）という、それまで全く存在していなかった未知の言語である原＝日本語の唐突な訪れであり、出現である。

したがって、アマテラスの誕生に際して新たに到来した現実的で永続的な神であるとされたものに対応するのは、新たな言語である原＝日本語の単語であり文字であることになる。

最後に、アマテラス誕生のヒルメに対応するのは、訓読誕生にあっては、文字を知らない音声言語である倭語に他ならない。

このように、アマテラス誕生の、物語、鏡、新たな神、ヒルメという系列に訓読誕生に際しての漢語、漢語、原＝日本語、倭語という系列がほぼ対応すると考えられる。

そして、アマテラス誕生にあって、純粋な破壊・否定である現実的・永続的神が実体化され概念化されたのがアマテラスであったのと同様に、漢語「山」と「やま」のみならず「山」と意味論的類似を有する様々な倭語との相互破壊に他ならない単発的な訓読が恐らく数限りなく反復された果てに固定した「やま」という訓をもった原＝日本語の単語が「山」（やま）であるに他ならない。

このようにして誕生した原=日本語のよみ・訓を一字一音式表記によって文字化したのが七世紀後半の「北大津遺蹟木簡」である。犬飼隆によればもともと漢和辞典の断片であったというこの木簡には、例えば「賛」と「田須久」、「精」と「久波之」など、原=日本語の文字となった漢字「賛」、「精」などと、文字を知らない音声言語としての倭語の死・消滅そのものの現れと考えられる原=日本語「賛」、「精」のよみ・訓を一字一音式表記によって漢字で書き付けた「田須久」、「久波之」などとの対応関係が示されている。

ここで一字一音式表記によって文字化された「田須久」、「久波之」などの単語が漢語と無関係な文字を知らない音声言語としての倭語ではなく、外来の文字言語である漢語と文字以前の音声言語である倭語の両者を一気に破壊・抹消する機能としての訓読の到来そのものに他ならない原=日本語の出現によって、「賛」、「精」などの原=日本語のよみ・訓となった、倭語の死・消滅の現れを敢えて「賛」、「精」などの漢字と切り話して文字化されたものであることを忘れてはならない。

「田須久」、「久波之」などここで仮名書きされた語は、漢語とは無関係な文字以前の音声言語である倭語を単に文字化したものではない。倭語の単なる文字化と原＝日本語に変貌した漢字の訓の文字化は、両方とも一字一音式表記で書かれているにもかかわらず、全く別のものである。西澤一光も指摘する通り、「「賛」を「田須久」、「精」を「久波之」と記す」ところに存する「表音性」は、「固有名詞の仮名書きの場合などとは根本的に異なり、「漢語」との対応関係において機能する表音性」（西澤一光「上代書記体系の多元性をめぐって」、『萬葉集研究』第二十五集所収、二二〇頁）である。西澤によれば、「漢字の音で固有名詞を表わす程度のことは、すでに五世紀の鉄剣銘に見られるし、一九九九年に難波宮跡から発掘された木簡（大化の改新直後のもの）にも「支多比」（干し肉）「伊加比」（食用の貝）などの食品名の仮名書き例が出ている。これらに対して「漢字」と「訓」を対比させる「北大津遺蹟木簡」のもつ意味は、「漢字」という文字がついに在地の言葉（やがて「日本語」になるもの）と出会い、その関係を深めつつあることを示している点にある」（二一八—二一九頁）。固有名詞・食品名等を表わす純粋な倭語の文字化を別にすれば、一字一音式表記による文字化は、必ず訓を、訓字主体表記を前提としている。固有名詞・食品名等の場合を除いて、訓を前提しない一字一音式表記はあり得ないと言えるだろう。「北大津遺蹟木簡」は、訓読あるいは訓字主体表記のメカニズムを原＝日本語の漢字「賛」や

「精」と原＝日本語の漢字のよみとして現れた倭語の欠如そのものとしての「田須久」や「久波之」にいわば分解して示している。「田須久」、「久波之」などの一字一音式表記は、いわば訓字主体表記というシステムの中にあり、訓字主体表記システムの一要素に過ぎない。

ここで、ジャック・ラカンが日本語の音読みと訓読みについて語った『エクリ』日本語版序文の有名な言葉を思い起すことも出来る。

自身の言語のうちで、それが中国語の一方言となるくらいに、中国語を話すという幸せを皆がもっているわけではないし、とりわけ——より大事な点だが——、あまりにかけ離れているのでそのことが各瞬間にそこで思考、すなわち無意識から話し言葉への距離を触知可能にするような自身の言語に中国語をひとつの書記として採るという幸せを皆がもっているわけではないのだ。

（"*Avis au lecteur japonais*", *Autres écrits*, Seuil, 2001, p. 498）

「北大津遺蹟木簡」の「賛」＝「田須久」、「精」＝「久波之」などの語群から成る訓字主体表記システムのうちに、まさにラカンの言う「思考、すなわち無意識から話し言葉への距離」が「触知可能」になっている。「思考、すなわち無意識」とは、「賛」、「精」などの漢字であり、「話し言葉」とは、木簡に文字化された「田須久」、「久波之」などの訓である。したがって、訓のみでなく「賛」、「精」などの漢字と訓の双方を示すことによって、「北大津遺蹟木簡」は、「思考、すなわち無意識から話し言葉への距離」を露わにし、「触知可能」にしている。「田須久」または「久波之」と口にする、あるいは一字一音式表記で書く瞬間に、「田須久」、「久波之」などの語が現われるだけではなく、「賛」、「精」などの漢語・漢字も潜在的な形で現われてしまう、したがって、「賛」と「田須久」、「精」と「久波之」の間の「距離」が同時に現われてしまうということだ。

ついでに言えば、和歌の断片を一字一音式表記で書いた歌木簡についても、それが倭語の単なる文字化でなく、訓読という抹消機能によって倭語の亡霊に他ならないよみ・訓と不可分のものとして出現した原＝日本語の漢字のよみ・訓を、それのみを独立させて文字化したものであるとすれば、その一字一音式表記は訓字主体表記システムの一部分に過ぎないと考えられる。したがって、七世紀後半の歌木簡に一字一音式表記で書かれた歌のみで略体歌が現われないとしても、一字一音式表記の歌が訓字主体表記システムの一部でありそれを前提していることを思えば、天武期の人麻呂が訓字主体表記による略体歌を書いていた可能性は十分にある。漢語とその訓との対応を示した「北大津遺蹟木簡」のうちに「天武朝で訓字主体の歌の表記が可能になる条件が整いつつあったこと」を看取する西澤一光の二〇〇一年の次の言葉は今でも有効性を失っていない。

これによって、漢字を〈訓字〉として扱う操作が天智朝の時点で確実に存在したことがたしかめられたわけで、これは、天武朝で訓字主体の歌の表記が可能になる条件が整いつつあったことを示すものと見るべきだ。

（「上代書記体系の多元性をめぐって」、『萬葉集研究』第二十五集所収、二一九頁）

2　万葉仮名と起源的暴力の隠蔽

文字を知らない話し言葉としての倭語と文字から成る外来語としての漢語の同時的消去によって、倭語の死・消滅が原＝日本語のよみ・訓として出現した。これが訓読という破壊的かつ創造的な操作であった。

ここで一見唐突とも見えるかもしれない問いを発してみたい。それは、倭語と漢語の二重の死による原＝日本語の到来としての訓読を逃れて生き延びるような、文字を知らない音声言語としての倭語があるのだろうか、という問いだ。

なぜこのような問いを発するのかと言えば、物語・鏡＝漢語とヒルメ＝倭語を消去し、新たな現実的神＝原日本語を出現させるアマテラスの誕生、訓読の到来といった出来事とは、また別の流れの中にある、しかしやはり日本古代を大きく特徴付ける出来事があるからだ。一言で言えば、それは万葉仮名の到来ということだ。

沖森卓也は、「万葉仮名」を「表語文字である漢字の意味の側面を捨てて、音だけを用いたもの」と定義している（『日本語の誕生　古代の文字と表記』、六頁）。漢字のこのような表音的使用を、川端善明は、「漢字の意義を捨象し、言わば音をあらわす限りの文字として、日本語の音に対応させせようとする試み」と定義付ける（「万葉仮名の成立と展相」、『日本古代文化の探求 文字』所収、一三〇頁）。

漢字の「本来の字義を捨象して別の語に転用する」このような用法は、日本列島での出現以前に、例えば「耳」を耳を表わすのでなく「のみ」を表わす時にも使う「仮借《かしゃ》」に既に現れている。梵語の Śākya を「釈迦」とする表記や『魏志』東夷伝の「卑弥呼」なども「仮借」の応用である（沖森『日本語の誕生　古代の文字と表記』、一七―一八頁）。

漢字音に基づく万葉仮名である音仮名の列島に於ける最古の使用は、五世紀後半に記された

『稲荷山古墳鉄剣銘』にまで溯る（二〇—二一頁）。

ここではしかし万葉仮名使用の歴史的確認からは離れて、アマテラスの誕生、訓読の創出といった根源的出来事との関わりに於いて、それらとともに「日本」の根本的構造を形作るものとして、万葉仮名の到来を考えてみたい。というのは、万葉仮名の到来とは言っても、単なる万葉仮名の発明が問題なのではないからだ。倭語＝ヒルメを抹消せざるを得ない訓読との関わりで、どのようにして、どのような役割をもちつつ万葉仮名が歌の表記に非略体表記という形で出現したのかが問題なのだ。訓読との対比に於いて初めて、倭語＝ヒルメを生き延びさせるための手段、あるいはむしろそのように見せかける手立てとしての仮名のもつ重要な意味が浮かび上がって来るのである。

だが、そこまで先走る前に、もう一度先程の問いに戻ろう。

倭語と漢語の二重の死による原＝日本語の到来としての訓読を逃れて生き延びるような文字を知らない音声言語としての倭語があるのだろうか？　天の岩屋戸神話に即してこれを言い換えれば、ヒルメの生身の身体が抹消されずに岩屋から出る途はあるのだろうか、ということになる。

そのような倭語が考えられるとすれば、歌に現れる、漢語では十分に表わせないような情動を表現する倭語であろう。

ここで、中国語が語と語とをつなぐ付属語的要素を欠いた孤立語であり、日本語が自立語と付属語とを有する膠着語であることを思い起こそう。川端善明は次のように書く。「中国語の特徴の一つは孤立語（isolating language）性にある。文中における語（実質語）と語の関係を示す標識がないことを孤立語性と呼ぶならば、それは、例えば日本語の活用のような屈折、同じく付属語が自立語に対するごとき膠着の要素を、ほぼ欠くのである」（一一八頁）。

この指摘を古代の漢語と倭語にもほぼ当てはまるものとして考えてみよう。付属語の表記以前の倭語にはっきりとした付属語があったと断言することはできないが、孤立語である漢語の表記からは漏れてしまう、後に辞・付属語として整理され固定される余剰部分が倭語にあったと考えることはできる。

そうすると、歌に話を限定しつつ、漢詩を模倣した文字列から排除される情動部分といったものを仮定することができる。ところで、漢語で表現できない倭語の情動的要素は、必然的に訓読という破滅的操作を逃れるものであるはずだ。したがって、漢語、疑似漢詩では表出できない情動というものが、倭語が訓読を逃れ、ヒルメが岩屋から脱出できる恐らく唯一の特権的場、特権的隘路・逃げ道として現われる。別の言い方をすれば、漢詩を模倣した文字の連鎖では表現できない情動という隘路を通ってしか倭語は訓読を、ヒルメは岩屋を逃れ出ることはできない。

ここではしたがって、歌に於ける情動の表出と仮名の到来に話を限定して考えて行きたい。

そのためには、『万葉集』の二つの訓字主体表記、助詞・助動詞など辞・付属語をほとんど表記しない略体歌とそれらを仮名表記した非略体歌について検討する必要がある。

『万葉集』の表記について考える場合、歌木簡が多数出土して、かつてのように略体歌から非略体歌、そして一字一音式表記への進化・進展を仮定することはもはやできない以上、七世紀末にこれらの表記が混在して同時に併存していたと考えることが妥当だろう。

神野志隆光は、訓読によって可能となった七世紀末の「『非漢文』の広がり」を次のように叙述する。

要するに、漢文的に見える要素を多く残すものから、意味字を日本語のシンタクスの上に並べるだけのもの、助辞を仮名で交えて書くもの、すべて仮名で書くものまで、「非漢文」の広がりは、訓読=訳読のうえにはじめてかたちとなることができたのである。日常の生活のことばとは異なる、作為されたことばの世界――文化としての文字＝日本語――がそこに成り立つ。七世紀末の文字の内部化の成熟として見届け、八世紀初には文字の交通としての国家がその上に成り立つというべきであろう。

（「文字とことば・「日本語」として書くこと」『萬葉集研究』第二十一集所収、八五頁）

多様な書記形態を含む「『非漢文』の広がり」から助詞・助動詞などの辞を書かないいわゆる略体表記を人麻呂が「人麻呂歌集」に於いて採用した根拠の一つとして、漢詩の模倣が挙げられる。『人麻呂の工房』の稲岡耕二は、「人麻呂歌集」の略体歌、稲岡の言う「人麻呂歌集詩体歌」のうちに「漢詩文の模倣制作」（『人麻呂の工房』、五五頁）を見る。

〔……〕漢詩を思わせるその特殊な表現は、要するに、やまと言葉の音声のかたちのままを漢字で写し取ることを目指したものではなかった。日本語の歌が、表意的な漢字によって組み立てられたのであり、漢詩のような骨格をした日本の歌が立ちあげられたわけである。それが漢詩の模倣制作に発した、漢字による日本語の歌の最初のかたちであった。（六二頁）

稲岡は、「漢詩まがいの人麻呂歌集詩体歌」の例として次の二つの歌を引用している。

心千遍雖念人不云吾戀孋見依鴨
心には千遍《ちへ》に思へど人にいはぬわが恋妻を見むよしもがも　（巻十一・二三七一）

行ゝ不相妹故久方天露霜沾在哉
行き行きて逢はぬ妹《いも》ゆゑひさかたの天露霜《あめつゆしも》に濡れにけるかも　（巻十一・二三九五）

「人麻呂歌集」の助詞や助動詞などの辞を書くことのない略体歌はこのように漢詩の模倣によって決定付けられている。

「柿本人麻呂歌集」の略体歌、例えば巻十一・二四五三歌を見てみよう。

春楊葛山發雲立座妹念
春楊《はるやなぎ》葛城山《かづらきやま》にたつ雲の立ちても坐《ゐ》ても妹《いも》をしそ思ふ　（巻十一・二四五三）

このような漢詩を模倣した人麻呂の略体歌をよむときに忘れてはいけないのは、それが五音七音のリズムを踏まえているということだ。

川端善明によれば、『万葉集』の訓字主体表記による歌に於いて、「韻文であることは前提的に了解されており、表記法においてそれを表示する必要はなかった」のであり、また「五音七音を基調とするそのリズムによって、歌の中の正訓字は、よまれるべき音節数を決定、ないし限定されているのである」（「万葉仮名の成立と展相」、一五〇頁）。神野志隆光もまた、「『万葉集』が、テキストの方法として交用書記を選択したとき、歌の定型性は前提であった」のであり、「訓で書記されても、唯一のよみかたでよまれることは、定型性によって担保される」（「「人麻呂歌集」の書記について」、『萬葉集研究』第三十一集所収、六〇頁）ことを指摘している。

人麻呂は、多様にあった非漢文のなかから、訓主体の書き方を歌の書き方として選んだのだというべきでしょう。それを可能にした条件は、歌の定型性だったといえます。訓字の羅列によって意味を理解しつつ、定型のなかにおいてよむから、文脈を構成し、助詞の類を補ってよむことも可能なのです。

（神野志隆光『漢字テキストとしての古事記』、六三頁）

五音七音の定型によって歌われた歌を前提としているので辞を書かない略体表記でも辞を補いつつ前提された歌を復元して読むことができるということだ。

つまり、略体歌の特徴は、漢詩調で表記された歌と背景にある口頭で歌われた歌との間に大きな隔りがあるということだ。

これだけの確認をしておいて、人麻呂の「春楊葛山發雲立座妹念」という歌に戻ろう。

この歌は、五音七音の声・歌の次元では発話される、非略体歌による文字化を経れば助詞や助動詞などの辞として認識されることになる要素を文字化しないことによって、情動を表現しない文字列とそれを表現する声・歌との距離・隔たりを増幅させている。とりわけ「妹念」という文字列でそのようなことが起こっている。「妹念」という文字と「いもをしそおもふ」という一連の強意の助詞にあたるもの（副助詞「し」になるものと係助詞「そ」になるもの）を含む五音七音の声＝歌との隔たりがここで産出されている。

「山」の訓「やま」同様に、「いもをしそおもふ」という声＝歌は、「妹念」という文字と結びつく。しかし一単語である「山」の場合と異なり、この歌の断片は一つの文をなしている。「山」の訓読について問題になっていたのは、漢語と倭語の相互破壊による「やま」というよみをもつ「山」という原＝日本語の文字・単語の誕生であった。この人麻呂の歌は、原＝日本語の単語としての「妹」＝「いも」、「念」＝「おもふ」が反復可能な語として確立された上で、それらの語を用いて「いもをしそおもふ」という反復可能ではない情動を含んだ声＝歌を文字化しようとしたものである。その結果、既に文字とよみの結びつきが確立された「妹」と「念」だけが文字となって書かれ、情動と強意を表わす一連の音素「をしそ」は文字化されなかった。しかし、この文字群が歌であり、五七五七七の形式を踏まえていることによって、「いもをしそおもふ」という声＝歌は十分に想定され得る。そこで、「妹念」という文字群に「をしそ」という漢字にならなかった声＝歌の部分が声＝歌＝情動の余剰として出現する。

「をしそ」という声＝歌＝情動のこの余剰部分こそが、先程指摘した、倭語のうちで漢語の単語にない部分、漢語によって表現できない部分、したがって訓読という破壊的操作を逃れ、文字を知らない口頭言語として何とか生き延びた倭語の破片なのである。

もちろん倭語のこの破片を単純に文字以前の音声言語の断片であると考えるわけには行かない。石川九楊も指摘する通り、「漢字＝漢語との対応性を持つ以前の倭語である「前和語＝和語以前」は多種多様にあっただろうが、漢語との出会いとその咀嚼を通じて、つまり、漢字と衝突することによって、和語が作られていったのである。漢字が入る前に美しい和語の世界があって、その美しい和語の世界をどうやったら文字化できるかということに腐心したのではない」（『万葉仮名でよむ『万葉集』』、一八八―一八九頁）。

しかし、「をしそ」というこの余剰部分が漢字との接触で揉まれ、練り上げられ、漢詩もどきの歌の文字列に見合うようにして作り上げられた語の連なりであるにしても、それが訓読という壊滅的操作を免れた、訓読という意味での漢語との接触は免れた倭語の一断片であるとは言えるだろう。その意味で、この「をしそ」を文字以前とはとても言えないにしても、文字を知らない倭語の一断片と考えることは可能だ。

「をしそ」は、文字を知らない音声言語の破片として、声＝歌＝情動の余剰として漢字の連鎖の上を浮游している。漢字の連鎖から排除され、文字を見出せない声＝歌＝情動は文字列の上を浮游するしかない。しかし、このように漢詩を模倣した文字群から排除されることによって、倭語＝ヒルメは死と消滅から守られている。

したがって、倭語が訓読を逃れ、ヒルメが岩屋を逃れる唯一の逃げ道は、情動であり、それを表出する歌である、ということになる。それも、略体歌として表記された歌に於いてのみ、倭語は訓読を逃れ、ヒルメは岩屋を逃れることができるのである。

非略体歌とは、略体歌にあったような文字と声＝歌の隔り、文字群の上に現われる声＝歌＝情動の余剰を消滅させることによって声＝歌を十全に文字化しようとする試みである。非略体歌は、そのために、詞と辞、自立語と付属語との区別を明確化し、文字列の上を浮游する声＝歌＝情動の余剰を辞・付属語として固定しつつ捉え直し、その辞・付属語を漢字によって文字化するといった途を採る。

非略体歌の辞の文字化は、音仮名と訓仮名によってなされる。

音仮名は、漢語を外国語としての漢語に近い発音で発音しつつ、その漢語を意味的には全く無関係でありながら音がそれに類似した倭語に接近させ原＝日本語の表音文字とすることによって、その倭語を原＝日本語の漢字のよみとしつつ文字化する。漢語をそのもとの発音に近いままでその意味とは無関係に原＝日本語にしてしまう試みだ。それと同時に、倭語は原＝日本語となった漢字のよみ、しかもその漢字のもともとの発音とほぼ同じよみとなる。

したがって、訓読の場合と同じように、ここにもまた、漢語と倭語の相互破壊、相互消去が認められる。漢語は、訓読の場合とは異なり、その本来のよみを沈黙させられることはないが、その意味の消去が目指され、漢語としては消滅する。倭語は、その意味と音の双方がほぼ保存されるが、漢語と無関係に使われていた音声言語としては抹消され、漢字と切り離せない原＝日本語の文字として、しかも漢字のよみとして現われる。これを図式的に整理すれば、漢語の意味については、後で見るように実はなかなか破壊されないのだが、破壊が目指され、漢語の音は、変更を被りつつもほぼ保存される。倭語については、その意味と音の双方が、これも文字化に際しての様々な変更や創造を経ているにしても、ほぼ保存される。

これをまとめれば、音仮名というのは、要するに漢語を倭語に奉仕させる機能であると言えそうだ。実際、音仮名は、訓読とは異なり、倭語の死と消滅を端的に目指すのではなく、事実上倭語は原＝日本語の漢字のよみに過ぎなくなることによって、文字を知らない音声言語に他ならい倭語としては消去されるのであるが、倭語を文字化することはしつつも、その意味と音を尊重しつつできるだけ倭語を保存したまま文字化しようという衝動に貫かれている。

山部赤人の巻六・九二四歌を見てみよう。

三吉野乃象山際乃木末尓波幾許毛散和口鳥之聲可聞

み吉野の象山《きさやま》の際《ま》の木末《こぬれ》にはここだもさわく鳥の声かも

情動を表わす終助詞「かも」がここでは「可聞」と音仮名で文字化されている。

ここで「可聞」(かも)の「可」という音仮名を例に取って考えてみたい。

漢語の「可」の意味は抹消されるものの、その音に関しては、本来の漢語の音と類似の「か」という音が残される。倭語「かも」については、情動を表わすというその意味も「かも」というよみもほぼ保存されるが、音仮名の到来によって、文字を知らない倭語としては消去され、「可聞」という漢字の、「か」であれば「可」という漢字のよみ、つまり新たに出現した原=日本語の単語「可聞」(かも)のよみに過ぎないものとされてしまう。音仮名はこのように、漢語「可」

の意味を抹消しつつそのよみは保存すると同時に、倭語「かも」の意味もよみも保存しつつ倭語としての「かも」を消滅させ、原＝日本語を出現させるという漢語と倭語の二重の抹消でありつつ原＝日本語を産出する機能として現われる。二重の死と言っても、訓読の場合と違い、ここには一つの方向性がある。つまり、漢語「可」の音が保存されるのは、意味もよみもほぼ保存された倭語「か」の文字とするためであるというふうに、漢語「可」を倭語「か」に奉仕させるという傾き、衝動が認められる。

略体歌について考えたときに、倭語＝ヒルメが訓読、そして岩屋から逃れる唯一の逃げ道が情動であり歌であると書いたが、その逃げ道という観点から言えば、倭語＝ヒルメの逃げ道は音仮名という場にまで延長されている。と言うか、略体歌では漢字の連鎖から排除され、その外をさまようのみであった倭語＝ヒルメは、その生き残りの場として音仮名という場を与えられる。逃げ道という観点から言えば、音仮名は、倭語＝ヒルメの亡命の場であるとも言えるかもしれない。

だが果たして本当にそうだろうか。略体歌にあっては漢語の文字列から排除され文字化を免れていた倭語＝ヒルメであったが、音仮名に於いては、結局のところ倭語＝ヒルメとしては抹消され、原＝日本語のよみに過ぎないものとして誕生する以上、ここで保存され守られる倭語＝ヒルメは、まさに倭語＝ヒルメの死、消滅そのものであり、倭語＝ヒルメの思い出あるいは亡霊に過ぎないものである。音仮名はしたがって、倭語の意味と音を保存するという仕草によって、自身による倭語の消滅、殺害という出来事を隠蔽しているに過ぎないのである。倭語と漢語の相互抹消と原＝日本語の出現、そして倭語を保存しようという衝動をあからさまに示すことによる倭語の死の隠蔽、この三点が音仮名の大きな特徴であると考えられる。

しかも、倭語の意味とよみを保存することを装おうという音仮名の衝動までが、漢字の側からの抵抗に遭う。漢字の意味を抹消し、漢字をでき得る限り透明にして、倭語の意味を現われさせる道具と化するというのが音仮名の意図するところであるが、漢字の本来の意味はそう簡単に消えてはくれない。

山部赤人の巻六・九二四歌に戻ろう。情動を表わす終助詞「かも」はここでは、略体歌の場合とは異なり、「可聞」と音仮名で文字化されている。これによって、文字に対する声＝歌＝情動の過剰は消滅し、略体歌の場合であれば漢字の連鎖の上を浮游するのみであった声＝歌＝情動はここでは「可聞」という文字となって漢字の連鎖上に現われている。

しかも音仮名には、倭語を無文字のさまよいから解放し、文字列の中にしっかり場を与えると同時に、そのことによって訓読に於けるように倭語の全的な消滅を招来することなく、倭語の意味と音とを保存しつつ、文字以前の倭語であり声＝歌＝情動であるものをそのまま保存・再現しているという幻想を与えるという重大な任務が課せられている。そのためには、「可聞」という漢字は倭語＝声＝歌＝情動の前に全く透明なものとなり、倭語＝声＝歌＝情動の出現と同時に消え去ることが必要だ。

しかし事態はそのようにうまくは進展しない。「可聞」という漢字列は、情動を表わす声＝歌の破片である倭語「かも」を出現させるとともに自身は透明なまま消失するどころか、声＝歌＝情動の純粋な現われに対して執拗な意味的抵抗を試みる。声＝歌と文字との間に意味論的隔たりが産出されると言ってもよい。声＝歌の次元では感動を表わすだけである「かも」が文字の次元で「可聞」となると、終助詞「かも」であると同時に「聞くことができる」という声＝歌の次元にはなかった意味を帯びることになる。「可聞」という文字はしたがって感動の表現と「聞くことができる」という意味との二つに引き裂かれ、そこに意味論的複数性・二重性が出現する。しかも、「可聞」という文字は、この歌にあって、「ここだもさわくとりのこえ」とある通り、「聲」や聴覚に関わる語として選ばれており、「散和口」（さわく）、「鳥」、「聲」と意味的に反響し合っている。

音仮名「可聞」はそのようにして、倭語「かも」の意味とよみを尊重し倭語「かも」に奉仕するという、あるいはその振りをするという音仮名固有の衝動に十全に身を任せることをせず、消去されるべき漢字本来の意味「聞くことができる」を執拗に維持し、倭語を保存し再現するという幻想を与えることを拒んでいる。ここで音仮名は、漢字の意味的自己主張の故に、倭語を保存しているという幻想を与えるという機能を十全に果たしてはいない。

訓仮名は、例えば「鴨」（かも）という原＝日本語の単語を用いて、同じ「かも」というよみをもちつつも、意味的には「鴨」とは全く異なり、情動や疑問を表わす倭語「かも」を文字化するものである。

「人麻呂歌集」、巻十一・第二四三七歌を見てみよう。

奥藻隠障浪五百重浪千重敷〻戀度鴨
沖つ藻を隠《かく》さふ浪の五百重波《いほへなみ》千重《ちへ》しくしくに恋ひわたるかも

「戀度鴨」の訓仮名「鴨」で起こっていることを確認しよう。

ここには、原＝日本語の単語「鴨」（かも）と倭語「かも」の相互破壊、相互消去の関係がある。倭語「かも」は消滅して原＝日本語「鴨」（かも）となり、原＝日本語「鴨」（かも）の方は、詠嘆・感動を表わす倭語「かも」の文字として用いられることによって、その意味の廃棄が目指されるが、この意味の廃棄、消去は決して十全に実現しない。図式的に言えば、倭語「かも」は倭語としては抹消されるが、その情動的意味とよみは保存されることが、あるいはそのように装うことが目指されている。原＝日本語「鴨」（かも）の音は保存され、意味は消去が目指される。しかし、「鴨」（かも）という原＝日本語のこの単語自体は全く破壊されずに、そのまま維持されるし、鳥の一種を指示する「鴨」の意味も実際には全く消去されない。そこで、助詞として使われた「鴨」という文字のうちに声＝歌＝情動を表わす「かも」と同時に鳥の「鴨」が現われ、意味論的複数性・二重性が現出する。

訓仮名にあっての原＝日本語の側からの意味の存続・抵抗とそれによる意味論的複数性・二重性の例をいくつか挙げてみよう。

隠口乃泊瀬山尓霞立棚引雲者妹尓鴨在武
隠口《こもりく》の泊瀬《はつせ》の山に霞立ち棚引く雲は妹《いも》にかもあらむ
（巻七・一四〇七）

この「人麻呂歌集」歌にあっては、「鴨」は、疑問を表わすと同時に、「霞」「雲」と並び「空」にあるものとしての鳥の意味を帯びることになる。

三輪山乎然毛隠賀雲谷裳情有南畝可苦佐布倍思哉
三輪山をしかも隠すか雲だにも情《こころ》あらなむ隠さふべしや
（巻一・一八）

この歌に於いては、「だに」「も」という一連の助詞がそれぞれ「だに」と「も」という訓をもつ「谷」と「裳」という漢字によって文字化されている。「谷裳」は、「せめて～だけでも」という意を表わすと同時に、「谷」は「山」や「雲」と隣接性をもつことによって一つの風景を形作り、白川静の『字訓』によれば「上代の女子の服装で、腰から下につけるスカート状のもの」であるという「裳」は、隠すものでもあることで「隠す」、「雲」という語と意味的に響き合う。このようにして、「谷裳」という文字群のうちに、文字と声＝歌の二重性、意味論的複数性が創出される。

倭語＝ヒルメの逃げ道という視点から言えば、訓仮名もまた、音仮名の場合と同様に、略体歌の文字群の上をさまようのみであった倭語＝ヒルメに亡命の地を与える振りはしている。文字列の中に例えば倭語「かも」の場所を確保し、原＝日本語「鴨」（かも）の意味を犠牲にする構えを見せつつ、倭語の意味とよみを尊重することによって倭語をそのまま保存する仕草を誇示してはいるが、倭語「かも」は原＝日本語「鴨」（かも）の出現の前に抹消されてしまうのであるし、原＝日本語「鴨」（かも）の鳥の一種を指示する意味は倭語「かも」に奉仕して消え去るどころか、自己を強く主張し、文字列に意味の二重性を産出するに至る。つまり、倭語＝ヒルメの保存という点については、音仮名に於けると全く同じことが起こっているのである。

音仮名にあっても訓仮名にあっても、万葉仮名というのは、略体歌に於いては訓読による抹消と破壊を逃れていた倭語＝ヒルメをわざわざ捕まえて殺害しつつ、しかもこれを大事に保存し生き延びさせているという幻想を与えるシステムとして機能している。

古代日本の言語を大きく特徴付ける訓読と万葉仮名について考えて来てみて、七〇一年の大宝律令で初めて使われた「日本」という語を用いつつ、「日本」とでも呼ぶことのできる抹消と保存の見せかけを特徴とする複合的システム、訓読という起源的暴力と万葉仮名という起源的暴力の隠蔽・忘却をことととする機能から成る複合的システムがおぼろげながら浮かび上がりつつあるのを感じる。漢語と倭語の二重の破壊・消滅によって原＝日本語という新たな言語を生み出す訓読という起源的な暴力機能と、倭語の逃げ道、亡命地であるかの装いを示すことによって起源的暴力の隠蔽を図りつつ倭語を抹消する万葉仮名という機能を併せもった「日本」という複合的権力構造が不気味に作動しながらその怪異な姿を現わせつつあるのである。

3　隠喩――「妹《いも》」の死と事物の出現

ヒルメの永遠に閉じ込められた岩屋は、既に万葉の歌の舞台である。
例えば、鏡山に葬られた河内王《かふちのおほきみ》を手持女王《たもちのおほきみ》は、まさに岩戸に籠るという言い方で歌う。

豊國乃鏡山之石戸立隠尒計良思雖待不来座
豊国の鏡山《かがみのやま》の石戸《いはと》立て隠《こも》りにけらし待てど来《き》まさず
（巻三・四一八歌）

「人麻呂歌集」の巻十一・二五〇九歌の「石垣淵《いはかきふち》の隠《こも》りたる妻」にも、天の岩屋戸神話の反響を読むことができるだろう。

真祖鏡雖見言哉玉限石垣渕乃隠而在孋
真澄《まそ》鏡《かがみ》見とも言はめや玉かぎる石垣淵《いはかきふち》の隠《こも》りたる妻　（巻十一・二五〇九）

ヒルメの閉じ込められた岩屋と「河内王《かふちのおほきみ》」や人麻呂の歌う「妻」の籠る「石戸《いはと》」や「石垣淵《いはかきふち》」に通じ合う何かがあることも別段不思議ではない。既に述べたように、物語、鏡、そしてヒルメの身体と意識を抹消させる現実的で永続的な神の到来に他ならないアマテラスの誕生は、物語、歌などの文学や芸能の起源をなすものでもあったからだ。ヒルメの閉じ込められた岩屋は、まさに歌の、もっと言えば、歌の根幹をなす隠喩の起源の場と言えるのだ。

この隠喩の起源の場と隠喩のメカニズムを明確に示すのが、柿本人麻呂の恋愛歌を集めた「人麻呂歌集」だ。

「人麻呂歌集」に収められた歌群は、あくまでも女性との関係を歌った歌でありつつも、そのほとんどが「妹《いも》」や「妻」の不在、「妹」、「妻」との隔りを歌う恋愛歌から成っている。
「人麻呂歌集」にあっては、「妹」はまず何よりも「逢はぬ妹」、「逢はぬ子」として現われる。

行〻不相妹故久方天露霜沾在哉
行き行きて逢はぬ妹《いも》ゆゑひさかたの天露霜《あめつゆしも》に濡れにけるかも　（巻十一・二三九五歌）

早敷哉不相子故徒是川瀬裳襴潤
愛《は》しきやし逢はぬ子ゆゑに徒《いたづら》に宇治川の瀬に裳裾《もすそ》濡らしつ　（巻十一・二四二九歌）

山菅乱戀耳令為乍不相妹鴨年経乍
山菅《やますげ》の乱れ恋ひのみ為《せ》しめつつ逢はぬ妹かも年は経《へ》につつ　（巻十一・二四七四歌）

巻十一・二四二〇歌では、逢うことの出来ない「妹」が、隔てられたものとして歌われている。

月見國同山隔愛妹隔有鴨
月見れば国は同《おな》じそ山隔《へな》り愛《うつく》し妹は隔《へな》りたるかも

（巻十一・二四二〇）

「妹」はまた「隠《こも》れる妹」として現われる。

足常母養子眉隠〻在妹見依鴨
たらちねの母が養《か》ふ蚕《こ》の繭《まよこも》隠り隠《こも》れる妹を見むよしもがも

（巻十一・二四九五）

このように、人麻呂の恋愛歌に於いては、女性は、逢うことの出来ない「妹」、隔てられた「妹」、あるいは「隠《こも》れる妹」として現われることが非常に多い。「妹」がこのように不在の女であることは、それが見られる対象であるよりも語られる対象であることを意味する。天の岩屋戸神話で、ヒルメより優れた神がまず物語の中で語（騙）られた対象としてしか現われなかったように、人麻呂の恋愛歌では「妹」あるいは「妻」はまず語られる対象として現われる。しかし、「人麻呂歌集」の巻一三・三二五三の長歌にあるように、ここには、語ること、「言挙げ」することに対する一種のタブーがある。

葦原　水穂國者　神在随　事擧不為國　雖然　辞擧叙吾為　言幸　真福座跡　恙無　福座者
荒礒浪　有毛見登　百重波　千重浪敷尒　言上為吾　言上為吾

葦原の　瑞穂《みづほ》の国は　神《かむ》ながら　言挙《ことあげ》せぬ国　然れども　言挙ぞわがする　言幸《ことさき》く　真幸《まさき》く
坐《ま》せと　恙《つつみ》なく　幸《さき》く坐《いま》さば　荒磯波《ありそなみ》　ありても見むと　百重波《ももへなみ》　千重波しきに　言挙《ことあげ》すわ
れは　言挙すわれは

したがって「人麻呂歌集」にあっては、女性は、逢うことができないままでいながらも語ってはいけない、それにもかかわらず語ってしまう何かとして現われる。
例えば、次の巻十一・二四三二歌にあっては、「言葉に出して言うと恐ろしいので山川のように激する心は抑えていることだ」と歌われる。

言出云忌ゝ山川之當都心塞耐在
言《こと》に出でて言はばゆゆしみ山川《やまがわ》の激《たぎ》つ心を塞《せ》かへたりけり　（巻十一・二四三二）

巻十一・二三七一歌では、逢うことの出来ない妻を心では幾重にも思っていても人には言わないということが歌われている。

心千遍雖念人不云吾戀孋見依鴨
心には千遍《ちへ》に思へど人にいはぬわが恋妻を見むよしもがも　（巻十一・二三七一）

巻十一・二五〇九歌は、稲岡耕二によれば（『萬葉集全註巻第十一』、三八〇頁）、隠れている妻に逢ってはいても人には言わないということを歌っている。

真祖鏡雖見言哉玉限石垣渕乃隠而在孋
真澄《まそ》鏡《かがみ》見とも言はめや玉かぎる石垣淵《いはかきふち》の隠《こも》りたる妻　（巻十一・二五〇九）

しかし、次の巻十一・二四四一歌にあるように、慎んで言わないでおくべきものを口に出して言ってしまうということも起こり得る。

隠沼従裏戀者無乏妹名告忌物矣
隠沼《こもりぬ》の下ゆ恋ふれば すべを無《な》み妹が名告《の》りつ忌むべきものを　（巻十一・二四四一）

「人麻呂歌集」に現われる女性はこのように不在の「妹」、語ってはいけないのに時に語ってしまう「妻」として出現するが、それはまた死んだ女、「過去妹《すぎにしいも》」（巻九・一七九七）としても現れる。不在の最たるものが死であることを思えばそれも不思議ではないし、隠れること、籠ることと死ぬことが紙一重であり、天の岩屋戸神話ではほとんど同一視されていることも思い起こすべきだろう。

塩氣立荒礒丹者雖在往水之過去妹之方見等曽来

潮気《しほけ》立つ荒磯《ありそ》にはあれど行く水の過ぎにし妹《いも》が形見《かたみ》とそ来《こ》し　（巻九・一七九七）

中西進の現代語訳によれば、「潮のけはいの満ちた荒々しい磯ではあるが、流れゆく水のように逝った女（ひと）の形見と思って来たことだ」となる。

もちろん、死んだ「妹」への人麻呂の思いは、『万葉集』巻二に収められた「泣血哀慟作歌」などの挽歌で究極の絶唱という域にまで達する。

〔……〕聲耳乎　聞而有不得者　吾戀　千重之一隔毛　遣悶流　情毛有八等　吾妹子之　不止出見之　軽市尒　吾立聞者　玉手次　畝火乃山尒　喧鳥之　音母不所聞　玉桙　道行人毛　獨谷　似之不去者　為便乎無見　妹之名喚而　袖曽振鶴

〔……〕声《おと》のみを　聞きてあり得《え》ねば　わが恋ふる　千重《ちへ》の一重《ひとへ》も　慰《なぐさ》もる　情《こころ》もありやと　吾妹子《わぎもこ》が　止《や》まず出で見し　軽の市《いち》に　わが立ち聞けば　玉襷《たまだすき》　畝火《うねび》の山に　鳴く鳥の　声《こゑ》も聞えず　玉桙《たまほこ》の　道行く人も　一人だに　似てし行かねば　すべをなみ　妹《いも》が名喚《よ》びて

袖《そで》そ振《ふ》りつる　（巻二・二〇七）

〔……〕しらせだけを聞いてじっとしてはいられないので、この恋心の千分の一も慰められるだろうかと、妻がいつも出て見ていた軽の市に私もいって、立止まって聞いてみると、美しい襷をかける畝火の山に鳴く鳥の声も妻の声も聞こえて来ないし、玉桙の道を通る人も、一人として似た人は行かないので、しかたなく妻の名を呼んで袖を振ったことだ。

「袖を振る」というのは、折口信夫も指摘するように、「男或は女が、其相手の魂を招く方法」（「萬葉集の戀歌」、『折口信夫全集』第九巻所収、三九〇頁）である。

これに続く長歌も最後の部分だけ引用しよう。

〔……〕大鳥乃　羽易乃山尒　吾戀流　妹者伊座等　人之云者　石根左久見手　名積来之

吉雲曽無寸　打蟬等　念之妹之　珠蜻　髣髴谷裳　不見思者

〔……〕大鳥《おほとり》の　羽易《はがひ》の山に　わが恋ふる　妹《いも》は座《いま》すと　人の言へば　石根《いはね》さくみて　なづみ来《こ》し　吉《よ》けくもそなき　うつせみと　思ひし妹が　玉かぎる　ほのかにだにも　見えぬ思へば　（巻二・二一〇）

〔……〕大鳥が羽を交わすあの山に恋しい妻はおいでだと人が言うので、岩をふみ分け、苦しみながら来たことだ。しかし、少しもよくはない。生きていると思っていた妻が玉のゆらめくようなほのかさの中にだって見えないことを思うと。

「山路をたづね行くと、魂を迎へ出す事も出來、魂を失つた人も活き返るものと考へた」このような「咒術」を折口は「山たづね」と呼んでいる（「相聞歌概説」、『折口信夫全集』第九巻所収、三五三頁）。死んだ「妹」の迷い込んだ山は、ヒルメの閉じ込められた岩屋や『古事記』に「万《よろづ》の神の声《こゑ》は、狭蠅《さばへ》なす満《み》ち、万の妖《わざはひ》は、悉《ことごと》く発《おこ》りき」と書かれた「常夜」の闇にも比肩し得る、「妹」の不在が頂点に達する人麻呂の歌の暗黒地点だ。

とは言え、人麻呂はただ女性の不在や死を歌ったのではない。女性の不在、そしてその極限の形態である死は人麻呂の恋愛歌に於いて、どのような形で現われるのか、妹の不在、死とはいったいどのような事態であるのか、もっと詳しく見て行く必要がある。

そのためにまず「人麻呂歌集」の次の二首を読んでみよう。

山葉追出月端〻妹見鶴及戀
山の端《は》に出で来《く》る月のはつはつに妹《いも》をそ見つる恋《こひ》しきまでに　（巻十一・二四六一）

雲間従狭俓月乃於保〻思久相見子等乎見因鴨
雲間よりさ渡る月の欝《おほほ》しく相見し子らを見むよしもがも　（巻十一・二四五〇）

二四六一歌は、「山の端に出て来る月のようにわずかに妻を見たことだ、恋に心が苦しいまでに」となり、二四五〇歌は、「雲の間を渡っていく月のようにぼんやりと逢った子にもう一度逢うすべがほしいよ」という意味になる。

「はじめに景物の描写や事象の描写があるとすれば、それと構造をおなじくする叙心が、あとにつけ加えられるという様式は、初期歌謡を組織するにたりる唯一の原則だといって過言ではない」。吉本隆明は書く（『初期歌謡論』、二九七頁）。「まず客観的な事物（自然）を表現する句からはじまり、あとに〈心〉の表現がつづくという形式」（一六八頁）をもつこれらの歌では、「月」が逢うことのできない「妹」の隠喩となっている。

隠喩の発生については、折口信夫がその契機として、風景の叙述から始めて心理的・人事的主題に入って行くという発想法と、旅先での新室の「ほかひ」、つまり祝福が風景の叙述に発展したことの二点を挙げている（「敍景詩の發生」、『折口信夫全集』第一巻所収、四三〇―四三一頁）。一点目の発想法について折口は、「古代の律文」に見られる「豫め計畫を以て發想せられるのでなく、行き當りばつたりに語をつけて、或長さの文章をはこぶうちに、氣分が統一し、主題に到着すると言つた態度」を指摘し、神武記の「神風の　伊勢の海の大石《オヒシ》に　這ひ廻《モトホ》ろふ細螺《シタダミ》のい這《ハ》ひ廻《モトホ》り、伐ちてしやまむ」という歌について次のように言う。

主題の「伐ちてしやまむ」に達する爲に、修辭効果を豫想して、細螺《シタダミ》の様を序歌にしたのではなく、伊勢の海を言ひ、海岸の巖を言ふ中に「はひ廻《モトホ》ろふ」と言ふ、主題に接近した文句に逢着した處から、急轉直下して「いはひもとほる」動作を自分等の中に見出して、そこから「伐ちてし止まむ」に到着したのである。

（「敍景詩の發生」、『折口信夫全集』第一巻所收、四二四頁）

日本古代に於ける隠喩誕生のもう一つの契機として、折口は、家とそこに住む主人の両方を祝福する「壽詞《ヨゴト》」を挙げる。

壽詞の中、重要なものは、家に關するものである。新室ほかひ或は、在來の建て物に對しても行はれて、建て物と、主人の生命・健康とを聯絡させて、兩方を同時に祝福する口頭の文章である。柱や梁や壁茅・椽・牀・寢處などの動搖・破損のないことを、家のあるじの健康のしるしとする樣な發想を採る所から、更に兩方同時に述べる數主竝敍法が發生した。

（四三〇頁）

さらに折口は、このような「壽詞」から隠喩が発生したことを指摘する。

壽詞は、常に譬喩風に家のあるじの健康をほぐが、同時に建て物のほぎ言ともなるのである。かうした不思議な發想法から、象徴式の表現法も生れ、隱喩も發生した。勿論、直喩法も發達した。

（四三〇頁）

このような「新室ほかひ」は、旅先の仮小屋でも行なわれるようになり、小屋の叙述が周囲の風景にまで及ぶようになったというのである。

私は、古代の遺風として、後飛鳥期に入つても、新室のほかひは嚴重に行はれ、たとひ一泊するにしても、新しく小屋をかければ、壽詞を唱へなければ、安心してそこに假寢の夢を見る氣にはなれなかつたものと信じる。〔……〕山野海岸に假廬を作つた場合は、必、新室のほかひをした。〔……〕うたげの場處で、卽興に頓才を競ふ心持ちを持つた人々が、四顧の風景の優れた小屋に居て、謠ひ上げる歌は、段々其景を敍することに濃かに働いて來る。

（四三三―四三四頁）

折口の書く通り、隠喩誕生の契機として、風景の叙述から始めて行き当たりばったりに心理的・人事的主題に入るという古代特有の発想と、旅先の仮廬をことほぐ風習の周囲の風景の叙述への転化があることは疑い得ない。

しかし、引用した人麻呂の二四六一歌と二四五〇歌が単なる叙景歌ではなく、何よりも恋愛歌、それも女の不在を歌った恋愛歌であることもまた事実だ。実際、人麻呂の恋愛歌にあって、「雲」や「月」などの景物の現われは、「妹」の不在と切り離して考えることができない。

雲谷灼發意追見乍為及直相
雲だにもしるくし発《た》たば心遣《や》り見つつもせむを直《ただ》に逢ふまでは　（巻十一・二四五二）

「せめて雲だけでもはっきりと立ったなら、見ながら心やりを、しようものを。直接逢うまでは」というこの歌では、「雲」がはっきりと逢うことのできない女の代理として、女を想い起こすよすがとして書かれている。次の歌の「月」についても同様のことが言える。

久方天光月隠去何名副妹偲

ひさかたの天光《あまて》る月の隠《かく》りなば何になそへて妹《いも》を偲《しの》はむ　（巻十一・二四六三）

「月」になぞらえて「妹」を偲ぶということ、つまり「月」が「妹」を偲ぶよすがとなっているということとは、「月」が不在の「妹」の代用物として現われているということだ。「雲」や「月」などの自然の事物が不在の「妹」の代用物として、隠喩として機能していることをここで人麻呂ははっきりと意識している。

これらの歌が恋愛歌であることに着目しつつ、折口の「こひ」、「こふ」についての記述をも参照してみよう。

折口によれば、「こふ」は、「他所にある魂をとり迎へようとする咒術」（「相聞歌概説」、『折口信夫全集』第九巻所収、三五三頁）を意味する。そして、「こひ」は「魂こひ」の略であり、あるべきであるはずなのにないものを自身に迎えることであるという。

思ふ人ある時、其魂の一部を呼んで、自分の身に迎へる事に成就すれば、其心は叶ふのであつた。叶うたものと信じたのだ。戀愛を遂げる爲に「魂ごひ」を行ふ事は、あるべきものがないから思ひが叶はぬもの、と逆推理を立てゝ居たのである。（三七二頁）

このような観点からすれば、人麻呂の恋愛歌に於ける「こひ」は、「雲」や「月」などの自然の事物を呼び出すことによって今ここにいない女を引き寄せることに存すると言えるだろう。しかし本当にそれだけのことなのだろうか。まずいるべきはずの女の不在があって、それから「雲」、「月」などの自然が女の代理として現われて来るというだけのことなのだろうか。

確かにまず女の不在があって、不在の中で想われた、想起された、あるいは語られた女というものがまずあって、その女をここに引き寄せるために事物を呼び出すのだが、呼び出された事物の不意の到来はむしろ女の不在を決定的にしてしまうのである。

人麻呂に歌われたこれらの歌という出来事は、何よりも、「雲」、「月」などの事物の到来、ただでさえ不在であった女を決定的に遠ざけ排除してしまう、決定的に不在のものとしてしまう突然の暴力的な介入として現われる。折口が指摘したように、古代の発想法からすれば、まず事物や風景の叙述があってそれから心理や人事への言及に至るというのだが、これは人麻呂の恋愛歌にあっては、まず不在の中で想起され続けた女性の存在を決定的に廃するような事物の唐突な介入があって、それから決定的に抹消され不在となった女性のことを歌うという流れに変奏されているのではないだろうか。ここにあるのは、「妹」や「妻」として現われる女性を遠ざけ、それを決定的に不在のものとするような自然、新たな現実的で永続的な神の支配する国の内実をなすような事物の突然の到来だ。

つまり、人麻呂の恋愛歌にあって、隠喩は、事物の産出作用であると同時に女性の抹消機能であるものとして、産出と抹消の二重の機能として出現するのである。隠喩は、「妹」の死骸を世界として、新たな神の支配する国土を構成する諸事物として保存すると言ってもいいだろう。

隠喩の到来についてもまた、アマテラスの誕生という決定的出来事とのその到来の構造に於ける一種の同型性を指摘できる。アマテラスの誕生が物語、鏡、ヒルメの身体と意識の同時的抹消による新たな現実的かつ永続的な神の出現であったのと同様、隠喩の到来とは、「妹」を遠ざけ、不在に、死に追いやりつつ新たな神に支配された国を満たす事物を産出する出来事として現われる。

また、アマテラスの誕生にあって、ヒルメより優れた神がまず架空のもの、語（騙）られたものとしてあって、それがヒルメによる鏡像の誤認によって現実の新たな神として到来したように、人麻呂の恋愛歌に於いても、まず想起されたもの、語られたものとしてあった「妹」が、隠喩の唐突な出現によって、「妹」としては不在のものとされつつ現実の事物として誕生するのである。

そして、ここには鏡も欠けてはいない。

我妹吾矣念者真鏡照出月影所見来

吾妹子《わぎもこ》しわれを思はば真澄鏡《まそかがみ》照り出づる月の影に見え来《こ》ね　（巻十一・二四六二）

『萬葉集全註巻第十一』の稲岡耕二の現代語訳では、「あの娘《こ》がもしわたしを思ってくれるならまそ鏡のように輝いてあらわれる月の光の中に、面影に見えてほしい」となる。

この歌で、「月」は鏡である。鏡である「月」の中に「吾妹子」が現われて来ることが切望されている。しかし、この鏡は、「吾妹子」を映すどころか、まさに彼女を遠ざけ、消去し、その代わりに「月」を、すなわち風景の一要素である事物を出現させるのみなのである。鏡の中に現われるのは、「吾妹子」ではなく「月」なのである。

　これを誤認という観点から言い換えてみよう。鏡の中に「吾妹子」が現われるとは、「吾妹子」が鏡の中に自身を映すことであろう。「われを思ふ」とは、そのようなことであろう。しかし、「吾妹子」は鏡の中に自身の鏡像を見ることなく、「月」を見てしまう。ここにも誤認がある。この誤認が、鏡を消し去り、また想われたものとしての「吾妹子」を消し去り、現実の「月」を出現させるのだ。「吾妹子」を映すはずの鏡が消えて、現実の「月」が現われると言ってもいいだろう。

　したがって、アマテラスの誕生と隠喩の到来という二つの根本的出来事の間には、その出現のメカニズムに於いて、明らかに一種の同型性が確認できる。アマテラスの誕生が、物語、鏡、ヒルメの身体と意識を一挙に消滅させる新たな現実的で永続的な神の出現であったのと同様に、隠喩の誕生は、想い・語り、鏡、そして「妹」を消滅させつつ新たな神に支配された国土の風景を構成するような事物の創出として出現するのである。また、ヒルメによる自身の鏡像の誤認が、物語、鏡、ヒルメの身体と意識の消去と新たな現実的で永続的な神の出現の別名であったように、「妹」が自身の鏡像を見るべきところに例えば「月」を見てしまうところに存する鏡像の誤認が、想い・語り、鏡、「妹」を消滅させる事物や風景の到来をもたらすのである。

もっとも、アマテラスの誕生にあっては新たな現実的な神の誕生であったものが、隠喩の出現にあっては、その新たな神に支配された世界の一構成要素としての事物が現実的なものとなるという違いはある。

人麻呂が、持統三年（六八九年）に作られた持統の皇太子草壁皇子のための挽歌で当時生まれつつあった国家神アマテラスとアマテラスの皇統を正統に継承するとされた天武を称揚していることも偶然ではない。

天地《あめつち》の　初《はじめ》の時　ひさかたの　天《あま》の河原《かはら》に　八百万《やほよろづ》　千万神《ちよろづがみ》の　神集《かむつど》ひ　集ひ座《いま》して　神分《かむあが》ち　分《あが》ちし時に　天照《あまて》らす　日女《ひるめ》の尊《みこと》〔一《ある》は云はく、さしのぼる　日女の命〕天《あめ》をば知らしめすと　葦原《あしはら》の　瑞穂《みづほ》の国を　天地の　寄り合ひの極《きはみ》　知らしめす　神の命《みこと》と　天雲《ぐも》の　八重かき別けて〔一は云はく、天雲の　八重雲別けて〕神下《かむくだ》し　座《いま》せまつりし　高照らす　日の皇子は　飛鳥《とぶとり》の　浄《きよみ》の宮に　神《かむ》ながら　太敷《ふとし》きまして　天皇《すめろぎ》の　敷《し》きます国と　天の原　石門《いはと》を開き　神あがり　あがり座《いま》しぬ〔……〕

（巻二・一六七歌）

このように誕生しつつあった国家神アマテラスと皇位の正統な継承者とされた天武を称揚する一方で、人麻呂は、その恋愛歌に於いて、生れつつある国家神アマテラスの支配する国（「天皇《すめろぎ》の敷《し》きます国」）の内実をなす事物、風景、自然を隠喩によって形作っていたということだ。人麻呂的隠喩は、ただでさえ不在であった「妹」を決定的に遠ざけ、死に追いやることによって、新しい国を構成する事物、風景、自然を生み出して行く。隠喩という出来事によって突如成立する事物は、「雲」や「月」であるのみならず、例えば「香具山」であったり「波」であったりする。

香山尓雲位桁曳於保ゝ思久相見子等乎後戀牟鴨
香具山《かぐやま》に雲居たなびき鬱《おほほ》しく相見し子らを後《のち》恋ひむかも
（巻十一・二四四九）

是川瀬ゝ敷浪布ゝ妹心乗在鴨
宇治川の瀬瀬《せせ》のしき波しくしくに妹は心に乗りにけるかも
（巻十一・二四二七）

隠喩はまた、「妹」のみでなく、情動を、恋愛感情自体を遠ざけ、死に至らしめ、様々な事物を、風景を出現させて行く。

言出云忌〻山川之當都心塞耐在
言《こと》に出でて言はばゆゆしみ山川《やまがわ》の激《たぎ》つ心を塞《せ》かへたりけり　（巻十一・二四三二）

この歌では、「山川」が「激つ心」という情動を遠ざけつつ現実のものとして出現している。ここで再び、不在の「妹」の話に戻ろう。

そうすると、隠喩という起源的暴力の痛々しい傷跡こそが、「人麻呂歌集」に繰り返し現われる不在の、あるいは死んだ「妹」の形姿であることがわかって来る。

ただひとつの例外としては、「柿本朝臣人麿《かきのもとのあさみひとまろ》の石見国《いはみの》より妻に別れて上《のぼ》り来《こ》し時の歌」と題された長歌の最後に出て来る「靡けこの山」という呼びかけだろう。

〔……〕寄り寝し妹を　露霜《つゆしも》の　置きてし来《く》れば　この道の　八十隈毎《やそくまごと》に　万《よろづ》たび　かへりみすれど　いや遠《とほ》に　里は放《さか》りぬ　いや高に　山も越え来ぬ　夏草の　思い萎《しな》えて　偲《しの》ふらむ　妹《いも》が門《かど》見む　靡けこの山
（巻二・一三一）

「妹」を抹消しつつ事物を出現させる隠喩という機能に抗して、人麻呂はここで、隠喩の生じさせる動きとは全く逆に、定立された事物・風景（「山」）を排除することによって見えなくなってしまった「妹」を再び出現させようとしている。新たな神によって支配される新たな現実の世界を事物や風景を生むことによって充実させようとする隠喩という機能の到来に忠実であったはずの人麻呂の、新たに確立されつつあったアマテラスという神とその支配する世界、国に対する秘かな反逆の意図をここに読むこともできるだろう。

4　日本語の誕生と「日本」の起源

アマテラスの誕生という形で、『古事記』がテクストの無意識のうちに抑圧しつつも語っている、鏡、物語、ヒルメの身体と意識の抹消と現実的で永続的な神の出現という破壊と誕生の二重の機能は、文学の誕生、タカミムスヒの移入、天皇制の創出、訓読や隠喩の創出などという形で、七世紀末に至るまで反復されて来た。破壊と創造のこの二重の機能が古代「日本」というものを形作って来たと主張したい誘惑にも駆られる。しかし、既に指摘したように、この機能だけでは、「日本」を形作るには十分ではない。様々な形で繰り返されて来た壊滅的破壊による創造の巨大な傷跡が剥き出しになったままでは、せっかく創出し確立した新たな世界、新たな国もうまく機能しないであろう。訓読、天皇制、隠喩の創出による倭語＝ヒルメ＝妹の抹消を隠蔽し忘却させる機能は、歌に於ける万葉仮名の使用によってもたらされる。万葉仮名とは、倭語の救済と保存を装うだけの文字や言語の領域に限定された隠蔽機能であるのではなく、天皇制の成立や天皇の支配する国土の確立によって消去されたヒルメ＝妹の救済・保存・再生をも装う隠蔽機能として現われる。訓読、天皇制、隠喩の出現という起源的暴力とその隠蔽・忘却を目論む万葉仮名という機能とを併せもった「日本」という複合的システムが姿を現わしつつある。

しかしここで万葉仮名固有の特質にもう一度戻る必要がある。

万葉仮名は、それが音仮名であっても訓仮名であっても、自身の意味を犠牲にして、例えば情動を表わす倭語の意味とよみを保存する振りをするという衝動に貫かれていた。しかし、それにもかかわらず、万葉仮名の漢字としての意味は全く廃棄されず、かえって倭語と万葉仮名との間に意味論的隔り、意味の二重性・複数性が生れるのであった。石川九楊も指摘する通り、「万葉仮名とは、漢字の表意性を利用しながら、その表意性を剥奪して単なる表音文字に変わろうとした段階の矛盾の文字である」（『万葉仮名でよむ『万葉集』』、三五頁）。

『万葉集』とは、一面に於いて、このような意味論的隔り、意味の二重性・複数性を半ば意図的に産出し増殖させる装置として機能しており、その意味で極めて前衛的な書物であると言えるかもしれない。

川端善明は、『万葉集』のこのような性格を見事に要約している。

唯一のよみ方でよむことをめざす表記と、そのことが当然たどる単純化や固定化を単調さとして否定し、副義的な意味の流れや結節や、あるいはまた連想を、漢字の表語性そのことにおいて表現しようとする表記と、この両立しにくい二つの緊張的な幅の中に、『万葉集』においで文字を表現するということが属しているのであった。

（「万葉仮名の成立と展相」、『日本古代文化の探求　文字』所収、一五八頁）

倭語の意味を再現する透明な道具となることへの万葉仮名の意味論的抵抗の例を再びいくつか挙げてみよう。

ここでは、非略体歌に於ける意味論的複数性の産出を、情動を表わすのではない格助詞にあたる辞の文字化や動詞・名詞などの詞の仮名書記による文字化を例に取って、確認したい。

情動を表わさない辞の文字化の例としては、巻十一・二六四二歌に現われる所有の格助詞にあたる「蛾」が挙げられる。

燈之陰尓蚊蛾欲布虚蟬之妹蛾咲状思面影尓所見
燈《ともしび》の影にかがよふうつせみの妹《いも》が笑《ゑ》まひし面影に見ゆ

略体歌であれば表記されず声＝歌の余剰として文字の連鎖の上を浮游しかねなかった「が」はこの歌に於いて確かに表記されているが、それは「蛾」という音仮名による。したがって、ここでも倭語の「が」とは意味的に関係のない昆虫の「蛾」を指示する漢字によって略体歌であれば生じたはずの余剰を埋めはしたものの、今度は、昆虫としての「蛾」と所有の格助詞「が」との間に意味的隔りが生じ、文字列の上に意味論的二重性・複数性が産出される。

同じ巻十一・二六四二歌に詞の仮名書記・一字一音式表記による文字化の例も現われている。

ここでは、「蚊蛾欲布」（かがよふ）という動詞が一字一音式表記で書かれている。既に指摘したように、ここでも「かがよふ」という倭語・音声言語を直接文字化したのではなく、「耀」という漢語と合体させられた訓あるいは倭語の死としての「かがよふ」を「蚊蛾欲布」によって文字化したと考えることができる。「かがよふ」は、白川静も言う通り、「玉の光などがゆれ動くこと」（『新訂字訓』、一六五頁）であるが、「蚊蛾欲布」と書かれることによって、それと同時に「蚊」や「蛾」などの昆虫をも意味することになり、助詞の「蛾」あるいは「虚蟬」の「蟬」と相俟って「燈」（「ともしび」）に集まる昆虫たちという声＝歌の次元には現われていない光景を出現させるのに貢献し、それによって意味論的複数性を生み出している。倭語の死が「蚊蛾欲布」と文字化されたものの、そのことによって文字の次元に認められる「蚊」や「蛾」などの昆虫という意味を帯びる文字と「玉のように光る」という意味をもつ声＝歌＝話し言葉との間に意味的な裂開・空白が穿たれる。

巻七・一四一五歌を見てみよう。

玉梓能妹者珠氈足氷木乃清山邊蒔散染

玉梓《たまづさ》の妹は珠かもあしひきの清き山辺に蒔《ま》けば散りぬる

この歌にあっては、「足氷木乃（あしひきの）」に用いられた「氷」（ひ）という音仮名が、「玉」「珠」「清」（きよき）などの語とともに硬質で純粋な物質を意味する語の　連鎖を形作りつつ文字列のうちに露出することによって、意味論的複数性を生み出し、「あしひきの」という「山」の枕詞に相当する声＝歌と文字との間に形象的隔たりを穿っている。

とは言え、このような意味論的隔り、意味の二重性・複数性の産出・増殖装置としての一面は、あくまで『万葉集』の一面に過ぎないこともまた確かだ。『万葉集』は、略体歌や非略体歌などの訓主体表記のみならず、万葉仮名が自身の意味を忘れ仮名機能に徹したかにも見える一字一音式表記による歌をも多数含むことによって、意味論的隔り、意味の二重性・複数性をでき得る限り縮小しようという全く逆の衝動にも衝き動かされているのである。

本書の文脈で言えば、万葉仮名は、訓読、天皇制の誕生、隠喩の出現など様々な形で反復されたアマテラスの誕生という決定的出来事による倭語＝ヒルメ＝妹の起源的抹消を倭語＝ヒルメ＝妹の保存・再生を演ずることによって隠蔽しようという自身の機能を一字一音式表記の採用によって完成させようと目論むのである。それとともに日本語が誕生し、起源的暴力とその隠蔽・忘却機能から成る「日本」という複合的権力装置もその完成を見ることになろう。

この決定的出来事は、神亀五年（七二八年）七月、山上憶良の「日本挽歌」の出現とともに到来する。

漢文による悼亡文と悼亡詩と対をなす「日本挽歌」は、神亀五年（七二八年）六月に詠まれた大伴旅人の「報凶問歌」を、一字一音式表記の点でも全体的構造の点でも踏まえている。「報凶問歌」は、漢文の書簡と一字一音式表記の短歌から成る。この漢文と一字一音式短歌との対構造という点で、「日本挽歌」は「報凶問歌」を踏まえているのだが、ここでは、旅人の短歌のみを引用しよう。

余能奈可波牟奈之伎母乃等志流等伎子伊与余麻須万須加奈之可利家理
世の中は空《むな》しきものと知る時しいよよますますかなしかりけり　（巻五・七九三）

この歌を構成する音仮名は、漢字の一字一字が本来の意味を過度に発散することのないように配列されている。例えば、「余能奈可波」（よのなかは）であれば、「余」（よ）が「余り」の意味を主張したり、「波」（は）が海の「波」の意味を発散したり、「可」（か）が既に見た赤人の巻六・九二四歌にあった「可聞」（かも）のように可能の意味を主張したりして、「余能奈可波」という文字列に意味論的隔り、意味の二重性・複数性を生むことがないように、漢字は配列されている。また、「余」（よ）、「能」（の）、「奈」（な）、可（か）、「波」（は）、「牟」（む）、「奈」（な）、「之」（し）、「伎」（き）、「母」（も）、「乃」（の）、「等」（と）、「志」（し）、「流」（る）、「伊」（い）、「与」（よ）、「麻」（ま）、「須」（す）、「加」（か）、「利」（り）、「家」（け）など、ここに使われているほとんどの漢字が音仮名として固定し、繰り返し用いられているものなので、反復と習慣によって漢字の意味的不透明さがいわばすり減り、例えば、「母」（も）が「母」の意味をよませたり、「麻」（ま）が植物の「麻」の意味をよませたり、「家」（け）が家屋の意味をよませたりということがなくなっている。漢字は、ほとんど透明な表音文字と化し、倭語を出現させる文字の機能に徹し、倭語の出現の前に自身を消去しつつ、倭語に奉仕し、倭語を保存し忠実に再現しているという幻想を与えることにほぼ成功している。石川九楊も書く通り、一字一音式表記の定型化により、漢字の意味は「脱色」されている。

〔……〕一字一音表記の定型化と進捗によって、漢字でありながら、自らの意味を超克する展望を獲得した。一字一音式の表記が、だんだん定性化、惰性化していく。例えば、助詞「ど」は、大体「杼」の字に収斂していく。その過程を通じて漢字の意味を脱色する力が働き、漢字の意味や音を借りていた段階から、それらを可能な限り脱色した音仮名としての漢字に逆転する。

（『万葉仮名でよむ『万葉集』』、一一六頁）

ここで、旅人がこのような一字一音式表記を採用した背景には、漢字文化圏の書き言葉であり、国や地方によって何とでもよみ得る漢字に日本の話し言葉を明確に文字化して対置しようという意図もあっただろう。稲岡耕二は、松田浩の「「報凶問歌」の「筆不尽言」と一字一音の歌と」という論文を引きながら、次のように書く。「たとえば「悲」という文字は和語として訓めばカナシだが、漢語として読めばヒである。つまり「言」としてはカナシ、あるいはヒとして国によって異なるが、漢字「悲」はそうした「言」の違いを直接的に表すことができない。カナシにもヒにも共通する漢字として「悲」があると言う」（『山上憶良』、一〇三頁）。つまり、「表意文字の文字列が、漢字文化圏諸国の「言」を抽象化し、一元化するものであるのに対して、一字一音の音仮名の文字列は、日本における「言」をそのものとして立ち現れるようにさせる」ということだ。稲岡は、「報凶問歌」の一字一音式表記を「表意文字としての「書」の性格や限界を乗り越え、積極的に日本という地域性を取り戻す「言」への接近手段」（一〇四頁）であると考えている。

稲岡は、憶良の「日本挽歌」の新しさを「旅人の「報凶問歌」に倣《なら》って一字一音の音仮名により「日本」の「言」をそのものとして立ち現れるように記す歌のかたち」に見ている（一一五頁）。実際、漢文の悼亡文・悼亡詩と「日本挽歌」から成るこの作品は、漢文と一字一音式表記による歌を対置する全体的構造と、一字一音式表記による「日本」の立ち上げという点で、明らかに旅人の「報凶問歌」を踏まえている。

蓋聞、四生起滅、方夢皆空、三界漂流、喩環不息。所以、維摩大士在于方丈、有懐染疾之患、釋迦能仁、坐於雙林、無免泥洹之苦。故知、二聖至極、不能拂力負之尋至、三千世界、誰能逃黒闇之捜来。二鼠競走、而度目之鳥旦飛、四蛇争侵、而過隙之駒夕走。嗟乎痛哉。紅顔共三従長逝、素質与四徳永滅。何圖、偕老違於要期、獨飛生於半路。蘭室屏風徒張、断腸之哀弥痛、枕頭明鏡空懸、染筠之涙逾落。泉門一掩、無由再見。嗚呼哀哉。

愛河波浪已先滅、苦海煩悩亦無結。従来猒離此穢土。本願託生彼浄刹。

蓋《けだ》し聞く、四生《ししやう》の起き滅ぶることは、夢《いめ》の皆空《むな》しきが方《ごと》く、三界《さんがい》の漂ひ流るることは環《たまき》の息《や》まぬが喩《ごと》し。所以《かれ》、維摩大士《ゆいまだいし》は方丈に在りて、染疾《せんしつ》の患《うれへ》を懐《むだ》くことあり、釋迦能仁《しやかのうに》は、双林《さうりん》に坐《いま》して、泥洹《ないをん》の苦しみを免るること無し、と。故《かれ》知る、二聖《にしやう》の至極も、力負《りきふ》の尋ね至るを払ふこと能はず、三千の世界に、誰か能く黒闇《こくあん》の捜《たづ》ね来《きた》るを逃れむ、と。二つの鼠競《きほ》ひ走り、目を度《わた》る鳥旦《あした》に飛び、四つの蛇《へみ》争ひ侵《をか》して、隙《げき》を過ぐる駒夕《ゆふへ》に走る。嗟呼《ああ》痛《いたま》しきかも。紅顔は三従《じゆう》と長《とこしへ》に逝《ゆ》き、素質は四徳と永《とこしへ》に滅ぶ。何そ図《はか》らむ、偕老《かいらう》の要期《えうご》に違《たが》ひ、独飛《どくひ》して半路に生きむことを。蘭室《らんしつ》の屏風徒《いたづら》に張りて、腸を断つ哀《かな》しび弥《いよよ》痛く、枕頭の明鏡空しく懸《かか》りて、染筠《せんゐん》の涙逾《いよよ》落つ。泉門一たび掩《おほ》はれて、再《また》見るに由無し。嗚呼《ああ》哀《かな》しきかも。

愛河《あいが》の波浪は已先《すで》に滅《き》え、苦海の煩悩《ぼんなう》も亦結ぼほることなし。

従来《むかしより》この穢土《ゑど》を厭離《えんり》す。本願をもちて生を彼《そ》の浄刹《じやうせつ》に託《よ》せむ。

日本挽謌一首

大王能　等保乃朝庭等　斯良農比　筑紫國尒　泣子那須　斯多比枳摩斯提　伊企陀余母　伊摩陀夜周米受　年月母　伊摩他阿良祢婆　許ゝ呂由母　於母波奴阿比陀尒　宇知那毗枳　許夜斯努礼　伊波牟須弊　世武須弊斯良尒　石木乎母　刀比佐氣斯良受　伊弊那良婆　迦多知波阿良牟乎　宇良賣斯企　伊毛乃美許等能　阿礼乎婆母　伊可尒世与等可　尒保鳥能　布多利那良毗為　加多良比斯　許ゝ呂曽牟企弖　伊弊社可利伊摩須

日本挽歌《にほんばんか》一首

大君《おほきみ》の　遠の朝廷《みかど》と　しらぬひ　筑紫《つくし》の国に　泣く子なす　慕ひ来まして　息《いき》だにも　いまだ休《やす》めず　年月《としつき》も　いまだあらねば　心ゆも　思はぬ間《あひだ》に　うち靡き　臥《こや》しぬれ　言はむ術《すべ》為《せ》む術《すべ》知らに　石木《いはき》をも　問《と》ひ放《さ》け知らず　家ならば　形《かたち》はあらむを　うらめしき　妹《いも》の命《みこと》の　我《あれ》をばも　如何《いか》にせよとか　鳰鳥《にほどり》の　二人並び居《ゐ》　語らひし　心背《そむ》きて　家さかりいま

す

〔……〕

この作品にあって、漢文に対置された長歌は、訓で書かれた「大王」、「朝庭」、「筑紫國」、「泣子」、「年月」、「石木」、「鳥」などを除いて、すべて音仮名で書かれている。しかも、「報凶問歌」に於いてと同じく、この長歌は、既に漢字と音との関係の固定した音仮名で、漢字固有の意味の発散をでき得る限り妨げるような配列の仕方で、しかもたとえ意味を発散することがあっても文字列に意味論的隔り、意味の二重性・複数性を生むことのないようなやり方で書かれている。「報凶問歌」にあってと同様、音仮名は、漢字としての自身の意味の抹消への抵抗を最小限に抑えることによって、自身を倭語の出現の前にでき得る限り透明にしつつ、倭語に奉仕するとされる自身の表音機能を高め、倭語が保存され忠実に再現されているという幻想を与え、それによって倭語の死と消滅の隠蔽・忘却をほぼ完成させる。一字一音式表記によって、仮名が本来万葉仮名である、すなわち漢字であるという性質・本性を巧みに隠蔽し、倭語を保存・再現することによって倭語に奉仕する倭語出現のためのいわば道具であることをほぼ完璧に装うことが可能となる。

しかし、「日本挽歌」の新しさは、言うまでもなく一字一音式表記の採用のみにあるのではない。万葉仮名による、自身が実は漢字であるという素性の隠蔽は、漢文と一字一音式表記による歌とを対置させるという作品の全体的構造によって、そして他ならぬ「日本挽歌」という題名によって、さらに強固なものとなる。

まず「日本」ということについて考えたい。

「日本」という国号は、大宝元年（七〇一年）の大宝律令で初めて使われ、また、粟田真人を主席とする大宝二年（七〇二年）の遣唐使によって中国に対して初めて使われた。そして、唐の則天武后が「倭国」を改め「日本国」としたということが、『史記』の注釈書『史記正義』に書かれている（神野志隆光『万葉集をどう読むか――歌の「発見」と漢字世界』、一三六―一三七頁）。

大宝の遣唐使に加わっていた憶良は、次のような歌を残し、そこでも「日本」という語を使っている（吉田孝『日本の誕生』、二―三頁）。

去来子等早日本邊大伴乃御津乃濱松待戀奴良武
いざ子ども早く日本《やまと》へ大伴《おほとも》の御津《みつ》の浜松待ち恋ひぬらむ　（巻一・六三）

このような歴史的文脈の中で、七二八年の憶良の歌に「日本挽歌」という題名が付けられたことをおさえておけば十分だ。

吉田孝も指摘する通り、「日本挽歌」とは、「中国の挽歌に対する日本の挽歌の意」（十一頁）だ。神野志隆光は、漢文と「対峙」することによってこそ、漢文世界という「環境」の中でこそ「漢字の表意性を捨象」した一字一音式表記による歌の特性が露わになることを漢文と「日本挽歌」から成る作品全体の構成が際立たせていることを強調する（『万葉集をどう読むか――歌の「発見」と漢字世界』、一四四頁）。

私としては、訓で書かれた「大王」、「泣子」、「年月」、「石木」、「鳥」などを残して、自身が漢字であることを巧みに隠し、倭語出現の前に自身を透明な道具と化しているかの幻想を与えることにほぼ成功した万葉仮名のこの姿形に日本語の誕生を見たい。

そして、万葉仮名が自身が漢字であることをここまでうまく隠しおおせたのは、漢文と一字一音式表記による「日本挽歌」とを対置させるこの作品特有の対構造による。

それでは、日本語の誕生はどのようにしてほぼ完璧なものとなるのか？「日本挽歌」の対構造に鏡を見ることはたやすい。漢文はここでいわば鏡として機能していると言うか、漢文の置かれている場に鏡はあった。

ここで私は、七一二年に完成した『古事記』の天の岩屋戸神話に記録されたヒルメに差し出された鏡とヒルメによる自身の鏡像の誤認を想い起こさざるを得ない。天の岩屋戸神話に登場した鏡がここでは、作品の対構造として回帰している。

そして鏡を前にした音仮名の連鎖の仕草としてここでもフロイト的「吐き出し」が演ぜられる。音仮名は、漢字としての自身を「吐き出し」、自身はでき得る限り漢字以外の文字、倭語を保護し再現しているという幻想を与えつつ倭語を透かし見せる透明な言語であろうとしている。この自身が漢字であることをほぼ隠しおおせた透明な言語が日本語だ。音仮名は、「吐き出し」によって、自身が漢字であることを忘却し、漢字である自身とは別の場所に、つまり鏡の中に漢字の連鎖を漢文として、自身の他者として、見出している。これが「日本挽歌」で起こっていることだ。

つまり、一字一音式表記の採用ということであれば、例えば七世紀末の歌木簡にも見られたのであるから、それだけでは、日本語が生れるということにはならない。万葉仮名が自身の中の漢字的なもの、漢文的なものを吐き出したせいで、吐き出された漢文と相補的になり、一つの全体の中で漢文以外のものという意味合いを帯びることによっても、一字一音式表記によって書かれたこの文字列は、「日本語」となる。この事態をさらに補強するのが、「日本挽歌」という題名であるわけだ。

また、「日本挽歌」は、それが仏教や儒教に対立し、それら以外のものとなるという意味で、日本的なるものでもある。

「日本挽歌」に先立つ漢文部分は、旅人の妻の死に対する悼亡文と悼亡詩から成る。「嗟乎痛哉」（「嗟呼《ああ》痛《いたま》しきかも」）で終わる悼亡文の前半部分は、人生の無常を嘆く仏教的色彩の強いものだが、「紅顔共三従長逝」（「紅顔は三従《じゅう》と長《とこしへ》に逝《ゆ》き」）以下の部分は、「三従」と「四徳」という儒教的な婦徳について語っている（『山上憶良』、『中西進万葉論集』第八巻所収、五四七頁）。それに対して、「日本挽歌」は、稲岡耕二も指摘する通り、人麻呂の亡妻挽歌の影響を留めた長歌であり（『山上憶良』、一二六頁）、旅人と憶良が「人麻呂的な古に対する、天平的な新として、飛鳥的な古を否定した」(白川静『後期万葉論』、一七二頁)のは事実であるとしても、ここで憶良は人麻呂的挽歌を仏教・儒教的なるものと対立させて、それを「日本挽歌」と銘打つことによって、日本的なものとして定立している。

ところで、音仮名が漢字としての自身を吐き出し、それによって倭語を保存し再現するという幻想を与えるべく倭語の出現の前に透明に消え失せ得るような言語、つまり日本語となったということは、音仮名が鏡のうちに漢字としての自身ではなく、吐き出され他者として定立された漢文を見るということだ。ここには確かに音仮名による自身の鏡像の誤認があるようにも見える。鏡の中に自身を見ることなく、漢文をみてしまうという鏡像の誤認があるようにも思える。

実際、アマテラスの誕生として実体化された消滅と出現の二重の生起、物語、鏡、ヒルメの身体と意識の消滅と新たな現実的で永続的な神の出現を七一八年の日本語の誕生は忠実に模倣しつつ反復しているのではないか? つまり、ヒルメと鏡が消去されたように、ここでは万葉仮名と鏡が消去され、物語が消滅して現実的な神が生れたように、ここでもやはり物語で語られていた仏教的なるもの、儒教的なるものを語る外来語である漢文が、それと対になる日本語とともに、現実的なるものとして生れたのではないだろうか? 仏教的なるもの、儒教的なるもの、要するに中国的なるもの、外来的なものが、単に外にあるだけの物語としてではなく、内から吐き出された現実的なものとして外に定立されたのではないだろうか？

しかし、日本語の誕生は本当に例えば『古事記』の天の岩屋戸神話に記述されたヒルメの誤認の回帰であり、忠実な模倣であると言えるのだろうか。

ここで忘れるべきではないのは、音仮名が、それ自体漢字であるとはいえ、外国語である漢語としては既に抹消され無化された、そしてやはり倭語としては抹消された倭語をよみとしてもつ、原＝日本語の漢字であるということだ。万葉仮名は漢語ではなく原＝日本語であり、原＝日本語としての自身の中にある漢字（性）、つまり既に原＝日本語のうちに取り込まれ、漢語としては抹消され無化された漢字（性）を吐き出す。したがって、吐き出された漢文は、鏡と物語を消しつつ現れた現実的なものではあるが、本当の漢語、外国語としての漢語ではない。原＝日本語としての万葉仮名は、一旦無化して、自分のうちで無力化した外来的なるもの、漢語の死骸あるいは亡霊を吐き出しているだけである。吐き出された漢文は、本当の意味での外来のもの、外部、他者ではない。

漢文の内容を見ても、ここに書かれた仏教的無常は、吐き出し・投影の作用によって、過度に情動化され、いわば日本化されている。稲岡耕二の書く通り、「それは旅人の「余能奈可波」の歌と同じく、この世を「空」と観《み》る釈尊の思想への明らかな抵抗を示す内容でもあって、大聖すらも逃れ得ぬ死を、忌避すべき『苦』と認めつつ、愛妻を奪われた悲しみを綿々と綴ってやまない」(『山上憶良』、一二二頁)。

それでは、万葉仮名についてはどうだろうか？　万葉仮名もまたヒルメと同様、漢文と日本語の二重の出現に際して、抹消されるのだろうか？

確かに万葉仮名は、漢字としては消滅し、そのことによって、日本語、つまり、自身が漢字であることを覆い隠して、倭語を保存・再現することを装う、倭語出現を前にして不透明な言語としては消える透明な道具、倭語再現装置のようなものとなるように見える。しかし、万葉仮名は自身が漢字であることを隠蔽・忘却し、忘却させることに成功しただけであるのだから、実は漢字として消滅したわけではなく、相変わらず漢字であり続ける。したがって、ヒルメの場合とは異なり、万葉仮名が鏡の中に見たものは、それが漢字から成っている限りに於いて、確かに自身の鏡像なのであるから、ここに鏡像の誤認はない。

したがって、七二八年の日本語の誕生は、天の岩屋戸神話に語られたアマテラスの誕生のパロディーとしての反復に過ぎないと言えるかもしれない。パロディーとしての、反転された、起源的暴力による災禍を反転するかのような反復、起源的暴力によって生じたねじれを再びもとに戻すかのような、あるいはその振りをする反復だ。

そして、この反転によって、ねじれは戻され（ることを装われ）、隠蔽され、日本語が、「日本」が完成される。アマテラスの誕生のパロディーこそが日本語と「日本」を完成させるのである。

万葉仮名による自身が漢字であることの忘却とこの忘却によるヒルメの死を隠蔽する機能の完成が日本語と「日本」の誕生である。一方でヒルメの保存と再生を装いつつ、他方で既に一旦抹消され内在化された外来的なるもの、外国語、漢語、他者を吐き出しつつ抹消・内在化されていないものとして定立するこの二重の機能を「日本」と呼んでもいいだろう。

七二八年の出来事は、アマテラスの誕生に際しての起源の暴力・殺害を反復し、なぞり返すことによって、それが実は暴力でも殺害でもなかったことを明かす素振りをする。ヒルメを保存し再現する装置としての日本語は誕生し、外国語としての、他なるものとしての、外部としての漢文、外来的なるものもしっかり定立されたではないか、というわけだ。

ここには、殺害と復活の二重のカップルが認められる。倭語＝ヒルメは訓読や天皇制の到来とともに一旦殺害され、七二八年にその保存が確定し、いわば復活する。他方で、外来のもの（漢語＝語（騙）られた神）もまた一旦は抹消され、それから七二八年にはっきりと定立され、いわば復活する。ここにはつまり、二重の殺害と二重の復活・再生がある。あるように見える。

しかし、実は日本語は倭語＝ヒルメを保存してはいない。倭語は、それが原＝日本語の漢字、つまり音仮名となった時点で倭語としては消去されている。また、漢文は、それが既に一旦は漢語としては抹消され、原＝日本語となったものであり、それを改めて原＝日本語が自身の外部として吐き出し、自身から排除したのであるから、それは既に漢語ではないし、外国語でも外来のものでもない。それは漢語を装った原＝日本語に過ぎない。

つまり、原＝日本語は、「日本挽歌」によって二つに分裂する。一方でそれは、漢字的・漢文的なるものを吐き出し、自身をいわば純化して日本語となる。他方でそれは、自身を自身から分離しつつ、日本語に対峙するものとしての、装われた外国語である漢文となる。

日本語と装われた外国語、外来的なものの対という極めて単純化され平板化された構造が、以後、現在に至るまで日本文化を表象する際の基本的枠組みを与えるであろう。鏡を介しての、倭語＝ヒルメと漢語＝語（騙）られた神との二重の消滅と原日本語＝現実的で永続的な神の出現という複雑で創造的であると同時に破壊的でもあるプロセスは、七二八年の日本語の誕生という出来事によってこのように単純化・平板化、無害化され、それによって初めて表象可能、理解可能なものとなった。起源的暴力・殺害は、日本的なものと外来のものという単純で平板な二項対立に矮小化されることによって初めて表象可能、理解可能な何かとなったのである。この単純化・平板化、無害化、そして表象可能化のプロセスを「日本」と呼んでもいいかもしれない。つまり、「日本」はまず、起源的暴力を反復し、もう一度なぞり返し、自身がそのパロディーとなりつつそれを二重化し、起源的暴力を平板で表象可能、感知可能、理解可能で受け入れ可能な二項対立に変貌させる七二八年の出来事として現れる。あるいは、起源的暴力とその反復、書き換えという二重の機能が「日本」であるとも言えるだろう。

　自身を「日本」の起源とすることで、起源的暴力を、保存されたヒルメと現実的で永続的な神の、あるいは日本語と外国語の二重の誕生から成る「日本」の安定的・平和的起源に変貌させるような出来事が「日本」である。そして、七二八年の反復・書き換えによって、日本語と外国語、あるいは日本的なるものと外来的なものという単純で平板な二項対立に翻訳されることによって初めて表象可能、理解可能となった起源的暴力が「日本」の起源として現われる。

「日本」という言説――再びヒルメの誤認について

約一三〇〇年前、わずかに相前後して完成された『古事記』(七一二年)の天の岩屋戸神話と山上憶良の「日本挽歌」(七二八年)は、弥生時代以来の古い太陽女神ヒルメによる自身の鏡像の誤認と新たな神の誕生という同じことを全く別のやり方で記述し、両者併せて「日本」という複合的システムを作動させている。

『古事記』の天の岩屋戸神話で、岩屋に籠ったヒルメは、差し出された鏡に、自身の鏡像を見ることなく、外で語(騙)られたものでありタカミムスヒをモデルとする自身より優れた別の神の実像を見てしまう。以後、ヒルメが一瞬だけ見た現実の他の神アマテラスを皇祖とする「日本」という国は、ヒルメによる自身の鏡像の一瞬の誤認の掠め取りという危うい基礎の上に成り立っている。しかも、誤認を掠め取っただけでは不十分だ。一瞬の誤認をいつでも訂正し撤回し得るヒルメの意識をその身体ごと岩屋の中に永遠に閉ざし、抹殺しなくてはならない。ヒルメの誤認による物語、鏡、ヒルメの身体と意識の抹消と新たな現実的で永続的な神の出現という破壊であると同時に創造であるような出来事が、天皇制の起源にある。

『古事記』の天の岩屋戸神話で抑圧されつつも明かされたヒルメの誤認という起源的暴力・殺害は、七世紀末のアマテラスと天皇制の誕生について語ったものではあるが、それは、七世紀以前から、物語や歌の出現、訓読の創出、また、同時代の人麻呂による隠喩の創出など、様々な形で反復されて来た。

「日本」という複合的システムは、しかし、創造的破壊であるような起源的暴力のみではうまく機能しない。殺されたヒルメが生きて、いつまでも保存されている、しかもいつでも再生可能であるという幻想を与えて、起源的暴力・殺害を隠蔽しなくてはならない。このような機能を担うのが、倭語＝ヒルメの保存・再生装置としての万葉仮名であった。

七二八年の「日本挽歌」は、ヒルメの出現の前に透明な言語として消え去ることのできる万葉仮名の表音機能をほぼ完成させて日本語を誕生させせつつ、起源的暴力を日本的なものと外来的なものとの二項対立という極度に単純な形式に矮小化しつつ反復し、それを表象可能・理解可能なものとした。しかも、ここにある日本的なものとは、文字以前の、したがって外来文化以前の倭語＝ヒルメを生き延びさせ保存することを装ってはいるが、事実は起源的暴力によって既に抹消された倭語＝ヒルメの亡霊のようなものを再現するに過ぎないし、外来的なものも同様に既に抹消された漢語＝語（騙）られた外来の神の亡霊を改めて外部に定立してみせたものに過ぎない。

起源的暴力を隠蔽しつつ現われさせる反復の結果である余りにも貧しいこの二項対立は、実際、日本文化を表象する枠組みとして今日まで機能して来た。日本文化と仏教・儒教などの外来文化との対立あるいは並立は一九世紀半ばまで続き、それ以降は、ヨーロッパ文化が外来文化の位置に据えられた。このような日本的なるものと外来的なものとの対立を際立たせて来たのは、九世紀末の平仮名の誕生とともに文字以前、起源的暴力以前の倭語＝ヒルメという幻想を産出し維持する機能をより徹底化させた日本語による日本的なるものの強調だろう。倭語＝ヒルメの安住の地としてその保護と再生の幻想を与え続ける仮名による情動の産出は、『源氏物語』のような平安朝文学の最高度の達成を可能にし、文字以前の日本と情動への過度の価値付与を特徴とする宣長の国学を可能とし、ヨーロッパ文明流入以後であれば、「近代の超克」に象徴される、そしてもちろん日中戦争、日米戦争への情動的賛同を強いた昭和に於ける日本的なるものの過度の称揚を実現した。3・11以後の「日本」の目に余る称揚と世界システムとしての資本主義の軍事的・金融・経済的欲動と骨絡みに絡み合った情動の跋扈にもまた、倭語＝ヒルメの抹消を隠蔽しつつその生存を保証するかのような素振りを見せ続ける仮名という幻想産出装置の貢献するところが大きいであろう。

しかし最大の幻想はどこにあるのだろうか。

それは、少なくとも一三〇〇年以上の伝統を誇る「日本」という国が安定した地盤の上に成立し続けているという幻想だろう。『古事記』の天の岩屋戸神話は、「日本」という国が鏡像の誤認、勘違いといういかに脆弱な基盤の上に成り立っているのかを隠蔽しつつも明かしているのである。

最後にもう一度、ヒルメの誤認のことを考えてみたい。

「日本」は、ヒルメの一瞬の誤認の永続的に凝結されてしまった世界、国のことをも言う。そして、ヒルメの誤認とは、鏡と物語とヒルメの抹消による新たな神の出現に他ならない。つまり、岩屋に籠ったヒルメに差し出された鏡にヒルメは、自身の鏡像ではなく、岩屋の外で語（騙）られた彼女より優れた神を一瞬だけ見てしまう。その瞬間に、鏡と物語は壊れ、現実的で永続的な神が現われる。それとともに、この神がヒルメの鏡像に戻ることなく、岩屋の外に現実に存在する神の実像である限り、ヒルメの身体と意識は瞬時のうちに一瞬の誤認の時点で凍結されたかのように抹消されてしまう。なぜなら、誤認の後、ヒルメが一瞬でも生き続ければ、ヒルメの誤認は解け、一瞬間の勘違いによって現われた神と神の照らし支配する新たな国（つまり「日本」）は瞬時のうちに消滅し、鏡の中にはヒルメ自身の鏡像が現われるであろうからだ。したがって、誤認ののち、神とその支配する国の出現ののち、ヒルメが一瞬間でも生存することがあってはならない。ヒルメは即座に抹消されなくてはならない。

それと同時にヒルメは生存していなくてはならない。つまり、ヒルメは生きていてはいけないが、同時に生きていなければならない。ヒルメが生きていれば、そしてそれとともに新たな神とその支配する国が存続しているならば、ヒルメの意識は絶えざる生成変化のうちにあり、それにもかかわらず新たな神とその国は存在し続けているわけだから、新たな現実的で永続的な神とその照らし支配する国の現実性と永続性は、ヒルメの一瞬の誤認によるはかないものではないことになり、保証される。だから、ヒルメは誤認ののちも生き続けていなければならない。もし生きていないのならば、神と国の存続のために死なねばならないのであれば、ヒルメが生きているという幻想を与え続けなくてはならない。

仮名の使用によるヒルメが生き続けている、いつでも日本語を通して復活して現われて来るという幻想の産出と国学以降のあらゆるナショナリズム的逸脱を支える論理もここにある。そして「日本」とはこのような論理、このような言説のことをも意味している。

「日本」というこのような秘かなしかし執拗な言説装置に維持され続けている国が「日本」だ。しかし、いかに執拗にそして堅固に維持されているように見えても、所詮はヒルメの一瞬の誤認を瞬間凍結させただけの神と国ではないのか。もしヒルメが岩屋の中で一三〇〇年間生き続けていたとしたら、そしてアマテラスとしてではなく、ヒルメとして本当に岩屋から出ることがあったなら、誤認とともに、神もこの国も一瞬のうちに消滅してしまうのである。そうはならないうちにも、一瞬の勘違いで岩屋の外にあるとされた太陽の光に照らされ続けたこの国の外部というものもあるのではないか。太陽の隠れたそこでは何が起こっているだろうか。使用済み核燃料の連鎖的爆発を俟つまでもなく、狭蠅《さばへ》なす神々の声と万の妖《わざはひ》、そして神々が新たな神を語（騙）り、楽《あそび》をする声と贋の笑いに満ちた常夜《とこよ》の闇が静かにしかし執拗に私たちの国に打ち寄せ、じわじわとそれを浸食しつつあるのではないだろうか。

参考文献

『古事記』（新編日本古典文学全集1、小学館、一九九七年）
『古事記』上、全訳注（講談社学術文庫、一九七七年）
『日本書紀』一（岩波文庫、一九九四年）
『日本書紀』五（岩波文庫、一九九五年）
『万葉集』一―五　全訳注原文付（講談社文庫、一九七八年）
阿蘇瑞枝『柿本人麻呂論考』（桜楓社、一九七二年）

石川九楊『万葉仮名でよむ『万葉集』』（岩波書店、二〇一一年）
――『文字からみた東アジア　漢字の文明　仮名の文化』（農文協、二〇〇八年）
稲岡耕二『人麻呂の表現世界』（岩波書店、一九九一年）
――『人麻呂の工房』（塙書房、二〇一一年）
――『萬葉集全註　巻第十一』（有斐閣、一九九八年）
――『山上憶良』（吉川弘文館、二〇一〇年）
乾善彦『漢字による日本語表記の史的研究』（塙書房、二〇〇三年）
犬飼隆『上代文字言語の研究（増補版）』（笠間書院、二〇〇五年）
――『木簡から探る和歌の起源』（笠間書院、二〇〇八年）
梅原猛『万葉を考える』（集英社、一九八二年）
――『水底の歌』上下（新潮文庫、一九八三年）
――『さまよえる歌集』（集英社、一九八二年）
――『歌の復籍』（集英社、一九八二年）
岡田精司『古代王権の祭祀と神話』（塙書房、一九七〇年）
沖森卓也『日本語の誕生　古代の文字と表記』（吉川弘文館、二〇〇三年）
折口信夫『折口信夫全集』第一巻（中央公論社、一九七五年）

――『折口信夫全集』第三巻（中央公論社、一九七五年）
――『折口信夫全集』第八巻（中央公論社、一九七六年）
――『折口信夫全集』第九巻（中央公論社、一九七六年）
――『折口信夫全集』第二十巻（中央公論社、一九七六年）
――『折口信夫全集　ノート編』第五巻（中央公論社、一九七一年）
加藤周一『日本文学史序説』上（筑摩書房、一九七五年）
柄谷行人『日本近代文学の起源』（講談社、一九八〇年）
――『〈戦前〉の思考』（文藝春秋社、一九九四年）
――『日本精神分析』（文藝春秋社、二〇〇二年）
――『ヒューモアとしての唯物論』（講談社学術文庫、一九九九年）
川端善明「万葉仮名の成立と展相」（『日本古代文化の探求　文字』、社会思想社、一九七五年所収）
工藤隆『古事記誕生――「日本像」の源流を探る』（中公新書、二〇一二年）
神野志隆光『漢字テキストとしての古事記』（東京大学出版会、二〇〇七年）
――『万葉集をどう読むか――歌の「発見」と漢字世界』（東京大学出版会、二〇一三年）
――『古事記と日本書紀「天皇神話」の歴史』（講談社現代新書、一九九九年）
――「文字とことば・「日本語」として書くこと」（『萬葉集研究』第二十一集、一九九七年）

――「人麻呂歌集」の書記について」（『萬葉集研究』第三十一集、二〇〇八年）
後藤利雄『人麿の歌集とその成立』（至文堂、一九六一年）
西條勉『「古事記」神話の謎を解く　かくされた裏面』（中公新書、二〇一一年）
白川静『初期万葉論』（中央公論新社、二〇〇二年）
――『後期万葉論』（中央公論新社、二〇〇二年）
――『新訂字訓』（平凡社、二〇〇七年）
武澤秀一『伊勢神宮の謎を解く――アマテラスと天皇の「発明」』（ちくま新書、二〇一一年）
筑紫申真『アマテラスの誕生』（講談社学術文庫、二〇〇二年）
土橋寛『万葉開眼』上・下（ＮＨＫブックス、一九七八年）
中西進『中西進万葉論集』第七巻（講談社、一九九五年）
――『中西進万葉論集』第八巻（講談社、一九九六年）
西澤一光「上代書記体系の多元性をめぐって」（『萬葉集研究』第二十五集、二〇〇一年）
平川南編『古代日本の文字世界』（大修館書店、二〇〇〇年）
『フロイト全集』第十四巻（岩波書店、二〇一〇年）
『フロイト全集』第十七巻（岩波書店、二〇〇六年）
『フロイト全集』第十九巻（岩波書店、二〇一〇年）

溝口睦子『アマテラスの誕生――古代王権の源流を探る』（岩波新書、二〇〇九年）
『本居宣長全集』第九巻（筑摩書房、一九六八年）
山口佳紀『古事記の表記と訓読』（有精堂、一九九五年）
山城むつみ『文学のプログラム』（太田出版、一九九五年）
吉田孝『日本の誕生』（岩波新書、一九九七年）
吉本隆明『言語にとって美とはなにか』（『吉本隆明著作集』第六巻、勁草書房、一九七二年）
――『共同幻想論』（角川文庫、一九八二年）
――『初期歌謡論』（ちくま学芸文庫、一九九四年）
Jacques Lacan, *Autres écrits*, Seuil, 2001.

あとがき

本書を書く直接のきっかけになったのは、二〇一五年三月にストラスブール大学で行なわれたシンポジウム「間（ま）と間（あいだ）――日本の文化・思想の可能性」で訓読と『万葉集』の表記について発表したことだった。この発表原稿に大幅に手を入れたものが、本書第二部の訓読についての第一章と万葉仮名についての第二章となっている。

ストラスブールでの発表を「人麻呂歌集」と関わらせて本にできないかと考えたものの、思うように行かず難渋していたのだが、巻十一・二五〇九歌の「石垣淵《いはかきふち》の隠《こも》りたる妻」という言葉と

『古事記』の天の岩屋戸神話とをつなげてみようと、『古事記』の天の岩屋戸籠りの一節を眺めているうちに、ヒルメによる自身の鏡像の誤認ということの根本的な重要性に、まさに天啓が閃くようにして、思い至ったのだった。二〇一五年の秋のことだったと思う。

ヒルメの誤認とアマテラスの誕生という問題を中心に据えて、新たに書き始めることを試みたが、二〇一六年の一年間は、文芸誌「三田文学」の編集長をやることになり、慣れない編集作業に忙殺され、読み書きの暇はほとんどなかった。勤務先の大学の夏休みを利用して、本書第一部の「天の岩屋戸神話と太陽女神」と題された第一章と「太陽女神ヒルメによる鏡像の誤認」という第二章を書くのが精一杯だった。

一冊の本にするには、まだ何かが決定的に欠けていると思っていたが、二〇一六年十二月二十四日、家人と葉山の美術館に向うべく乗り込んだ東海道線の車中で、ヒルメの誤認が神々たちの嘘と物語によるものだという当たり前の事実に気がついて、一冊の本ができることを確信したのだった。奇しくも、同じ時間に私が「三田文学」編集長をやめることが決定されていた。本書第一部の天皇制の起源に関わる第三章以降を今年の一月一日からほぼ一カ月で、大学の仕事のかたわら、一気に書き上げた。

このようにして書かれた本書ではあるが、もともと二〇世紀のシュルレアリスム詩人ポール・エリュアールを専門とするフランス文学者として、そして大学でフランス語を教えつつ詩を書くというスタンスで生活して来た人間によるものなので、専門的なものでも学問的なものでも全くない。大学入学直前の一九歳の春休みに初めて藤原京のあたりから南へ石舞台あたりまで歩き、その風景に衝撃を受けて以来少しずつ『万葉集』を読んだり、吉増剛造の『王国』を読んで以来現代詩と古代をつなげて考えることになじみ、また、文学研究をし、詩を書き、フランス語を教えるうちに、ただ音読することが漢字の翻訳になっているかのような訓読みの不思議さに打たれ続けていたにしても、だ。

また、本書に書かれた思考は、あたかもそれが詩であるかのように、ほとんどがふとした折に向こうからやって来たものであるので、そのような到来性やライブ感覚の思考の流れや展開を損なわないよう、整合性を持たせるために手を加えるということはほとんどやらなかった。

そんな著作に何かひとつ大きな取り柄があるとすれば、ヒルメによる自身の鏡像の誤認という発想の根本的な新しさであると思う。それに加えて、鏡像の誤認という視点から天皇制の起源や文学の起源、外来的なものと土着的なものの問題などを解釈し、訓読や万葉仮名のしくみを叙述し尽くし、日本語の誕生を跡付けたことも本書の新しさであり、メリットであるだろう。

ヒルメの鏡像の誤認という発想とそこから導き出された起源的創造・暴力とその隠蔽からなる「日本」という複合的システム、そして「日本」という言説という本書の基本的問題提起が、今後日本文化について考えるための新たな地平を開くであろうことを疑わない。

決定的に新しい発想の到来によって書かれた本書ではあるが、それが様々な読書の痕跡をとどめていることは言うまでもない。とりわけ、吉増剛造、梅原猛、柄谷行人、そしてジャック・デリダらのテクストの磁場に身を置くことなしには、本書を書くという発想すら生まれることはなかったであろう。

また、五〇年近くの間この国の家族や組織で痛い思いをし続けることなしにこのような本が書けたとは思わないし、〈3・11〉後に露わになったこの国の壊滅的な政治的・言説的状況を前にしての、戦後民主主義というようなものを漠然と信じつつ生きていた人間の絶望にも似た思いが本書を書かせたこともまた確かだ。本書に展開された外来的なものと土着的なものについての新たな解釈が現今のナショナリズムの目に余る跳梁跋扈に抗するための一つの処方となることを今は夢見ている。

＊

最後に、この本を書くことを可能にして下さったすべての方たちに深く感謝したい。また、今回も水声社の後藤亨真さんにお世話になった。謝意を表したい。

二〇一七年二月

著者

著者について——

福田拓也（ふくだたくや）　一九六三年、東京都に生まれる。慶應義塾大学大学院博士課程中退、パリ第八大学大学院博士課程修了。パリ大学博士。詩人。専攻、フランス文学。現在、東洋大学法学部企業法学科教授。主な著書に、『尾形亀之助の詩——大正的「解体」から昭和的「無」へ』（思潮社、二〇一三年）、『まだ言葉のない朝』（思潮社、二〇一四年）、『小林秀雄　骨と死骸の歌——ボードレールの詩を巡って』（水声社、二〇一五年）などがある。

装幀——宗利淳一

「日本」の起源——アマテラスの誕生と日本語の生成

二〇一七年三月二〇日第一版第一刷印刷　二〇一七年三月二八日第一版第一刷発行

著者——福田拓也

発行者——鈴木宏

発行所——株式会社水声社
東京都文京区小石川二—一〇—一　いろは館内　郵便番号一一二—〇〇〇二
電話〇三—三八一八—六〇四〇　FAX〇三—三八一八—二四三七
郵便振替〇〇一八〇—四—六五四一〇〇
URL: http://www.suiseisha.net

印刷・製本——モリモト印刷

ISBN978-4-8010-0237-1

水声文庫

制作について　淺沼圭司　四五〇〇円
宮澤賢治の「序」を読む　淺沼圭司　二八〇〇円
昭和あるいは戯れるイメージ　淺沼圭司　二八〇〇円
物語るイメージ　淺沼圭司　三五〇〇円
平成ボーダー文化論　阿部嘉昭　四五〇〇円
幽霊の真理　荒川修作・小林康夫　三〇〇〇円
アメリカ映画とカラーライン　金澤智　二八〇〇円
ロラン・バルト　桑田光平　二五〇〇円
危機の時代のポリフォニー　桑野隆　三〇〇〇円
小説の楽しみ　小島信夫　一五〇〇円
書簡文学論　小島信夫　一八〇〇円
演劇の一場面　小島信夫　二〇〇〇円
零度のシュルレアリスム　齊藤哲也　二五〇〇円
マラルメの〈書物〉　清水徹　二〇〇〇円
美術館・動物園・精神科施設　白川昌生　二八〇〇円
西洋美術史を解体する　白川昌生　一八〇〇円
贈与としての美術　白川昌生　二五〇〇円
美術、市場、地域通貨をめぐって　白川昌生　二八〇〇円
戦後文学の旗手 中村真一郎　鈴木貞美　二五〇〇円
シュルレアリスム美術を語るために　鈴木雅雄・林道郎　二八〇〇円
サイボーグ・エシックス　高橋透　二〇〇〇円
(不)可視の監獄　多木陽介　四〇〇〇円
黒いロシア白いロシア　武隈喜一　三五〇〇円
魔術的リアリズム　寺尾隆吉　二五〇〇円
桜三月散歩道　長谷邦夫　三五〇〇円
マンガ編集者狂笑録　長谷邦夫　二八〇〇円
マンガ家夢十夜　長谷邦夫　二五〇〇円
未完の小島信夫　中村邦生・千石英世　二五〇〇円
転落譚　中村邦生　二八〇〇円
オルフェウス的主題　野村喜和夫　二八〇〇円
ナラトロジー入門　橋本陽介　二八〇〇円
〈もの派〉の起源　本阿弥清　三二〇〇円
太宰治『人間失格』を読み直す　松本和也　二五〇〇円
現代女性作家論　松本和也　二八〇〇円
川上弘美を読む　松本和也　二八〇〇円
ジョイスとめぐるオペラ劇場　宮田恭子　四〇〇〇円
魂のたそがれ　湯沢英彦　三二〇〇円
金井美恵子の想像的世界　芳川泰久　二八〇〇円
歓待　芳川泰久　二二〇〇円

［価格税別］